願いを叶える雑貨店

黄昏堂

心想事成雜貨店

3

【時空鐘】

桐谷直 著　詹慕如 譯

序曲

PROLOGUE

——喂，你聽說過黃昏堂的傳聞嗎？

——喔，有啊。聽說那裡會賣可以幫人實現願望的道具對吧？

——代價是記憶的一部分。

——交出記憶來換取不可思議的道具嗎？不可能吧。

——好像是真的耶。

——「好像」聽起來就已經很可疑了吧？（笑）

——真的啦。是我朋友告訴我的……

——對對對，你朋友說的，是吧？（笑）

——有一個女孩發生意外後變成植物人，醫生說她可能一輩子都不會再醒來，但

是有一天竟突然恢復意識。而且……

——而且什麼？

——而且她還同時恢復了所有運動能力。之前可是臥病在床整整一年耶。

——喔？你的意思是，都要歸功於黃昏堂的道具囉？太厲害了吧！（笑）

——我朋友的姊姊在她住院的醫院當護理師，聽說那間醫院裡現在還流傳著這個「小兒科病房的奇蹟」。

——那是誰支付了記憶去交換那麼厲害的道具？

——好像是那個女孩的外婆。女孩醒來那天，失去了所有記憶的外婆呆呆坐在醫院候診室裡。

——這故事真動人。不過我還是不太相信啦！（笑）

——……我相信。我想找出黃昏堂。但是要怎麼找啊？

——我也不知道，應該只要懷抱希望就行了吧？懷抱很強烈很強烈的希望。

——……很強烈的……希望……

目 次

contents

夢境同步機

枕邊響亮的鬧鐘聲讓未央從夢中醒來。

「真是的，吵死了啦！我不是起來了嗎！」

還躺在床上的她伸手摸去，找到鬧鐘按掉。

她不情願地睜開緊閉的眼皮，眼前這個空間確實是自己房間沒錯。

映入眼簾的是書頁翻開蓋在書桌上的參考書，還有掛在衣架上的國中制服。

「原來是夢……也是啦……」

未央剛剛夢見自己變成最喜歡的當紅偶像市川雷娜。

舞台是未央上學的國中，而且就在二年C班的教室裡。變成雷娜的未央接受著班上同學羨慕崇拜的視線，大家還紛紛向她索要簽名。桌上堆著幾十封粉絲信

還有大大小小的禮物。

一個帥氣的男生羞澀笑著說是自己的粉絲，未央聽了心裡激動得噗嗵噗嗵跳。

在夢境中覺得一切都很真實，但是冷靜想想，其中有太多不合理。因為那個男生是已經在讀大學的當紅演員松下優，雷娜比未央大五歲、今年十九歲，現在是當紅偶像團體的C位，各大媒體都爭相邀請。再過不久她和松下優合演的青春戀愛電影就要上映。雷娜不僅長得可愛，笑容也很有魅力，身材又好，可以說集結了一切未央嚮往的條件在身上。

「唉，要是能變成雷娜我就死而無憾了……」

未央嘆了口氣，起身下床。

「我昨天做了一個很棒的夢。簡直美好到不想睜開眼睛了呢。」

早晨熱鬧的教室裡，未央對隔壁的山田愛花這麼說。

「什麼樣的夢啊？」愛花問。

「這……算了，還是不說了……」

未央難為情地羞於啟齒，愛花輕輕笑了一聲，看著她。

「不然我來猜猜看吧？妳是不是夢見自己變成市川雷娜了？然後被班上所有人追捧，還跟松下優兩情相悅。舞台就是我們學校。」

「妳……？」未央訝異地看著愛花，急忙否定。

「我、我怎麼可能變成雷娜啦。」

愛花促狹地笑著說：「是嗎？」簡直像看透了未央的心。

「我最近迷上了夢占卜，很有意思呢。聽說夢可以強烈地表現出一個人的潛意識。所以分析做過的夢，就可以瞭解這個人的心境。既然如此反過來也是一樣的道理，如果知道一個人的心境，就能預測出這個人會做的夢。比方說妳會做的夢，應該就是市川雷娜。妳頭髮的香味跟據說雷娜用的那款洗髮精香味一樣，一直留長沒剪的頭髮也是在模仿雷娜吧？之前也說過妳很期待她跟松下優合演的電影。還有，妳最愛看的漫畫連載最近這一集不是剛好在講念國中的偶像在學校裡大受歡迎的故事嗎？」

未央滿臉通紅。真是太尷尬了，自己一句話都無法反駁。愛花說得一點都沒錯。

「聽說人會在淺眠的時候做夢。雖然說在睡覺，但是接收到的聲音跟味道都可能反映在夢境中。我猜妳睡前一定會一邊看雷娜的影片或者聽她的歌吧？再加上洗髮精的香味。所以這些才會出現在夢裡吧？」

「好了好了，妳饒了我吧～」

未央好不容易半開玩笑地擠出這句話。她現在很後悔，為什麼平常那麼愛跟朋友吐露心聲。對了，這麼說起來愛花好像不太講自己的事。

好像只有自己向對方敞開心扉，未央覺得這樣的自己真是難堪。

這天傍晚，未央拿到了一張奇妙的傳單。

回想起跟愛花的對話，正在嘆氣的未央腳邊吹來了一張老舊的紙張。明明沒有風，但卻無端飄來的那張紙有一瞬間緊緊貼在未央腳上，然後又馬上飄落。傳單掉在不遠前方的地上，然後又輕飄飄地飛起，落在更前方。

換作是平時，她可能不會留意。但也不知道為什麼，未央對這張紙感到很好奇。

她小跑了幾步伸手想要撿起來，沒想到那張紙就像長了腳一樣又逃開了。

「真是的！等等我啊！」

好不容易終於撿起來一看，那是一張褪色泛黃的特賣傳單。

上面用裝飾文字寫著「黃昏堂」，下方畫了幾個齒輪。

「以驚人低價提供不可思議的雜貨，能立刻實現你的心願」

特賣日的日期就是今天，但是傳單上找不到任何關於店面住址或電話號碼的資訊。

「能立刻實現心願的雜貨……開店時間是……黃昏時分？」

她抬頭看看西邊的天空，心想，差不多就是現在這個時間吧。

不知不覺中，濃烈的夕照中橘色跟深紫的暗沉漸漸交融，眼前的光景充滿神祕，美得奪目，卻也令人心中莫名悸動不安。

未央再次低頭看著傳單，不覺一驚。上面出現了一行剛剛並沒有的字句。

「【夢境同步機】可以讓意識與二十四小時內接觸的人同步，即時體驗對方所做的夢」

同步意識？這是什麼意思？未央皺起眉。

意思是可以同時跟別人做一樣的夢嗎？

未央心情越來越浮躁，腦子裡出現了愛花的身影。

她總覺得愛花老是看穿自己的弱點。但是愛花也可能會做些不想被別人知道的夢吧？畢竟誰不會有祕密呢。要是能偷窺她的夢境，然後精準說出內容，一定很痛快吧？

這時，她注意到昏暗的巷弄深處那塊發著白色亮光的霓虹招牌。

門上裝著幾個大齒輪，應該就是那間店吧？

好奇跟不安夾雜。詭異的店家、奇妙的傳單。

「會是什麼樣的東西啊，只看看也無所謂吧……」

未央急忙抓緊差點從手中滑落的傳單。

推開沉重的大門，昏暗又狹窄的店裡迴盪著微弱的機械聲。

裝設在牆上的幾個齒輪正在慢慢轉動，擺在店裡四處的時鐘每一個都顯示著不同的時刻。貨架上放著很多不知道該怎麼使用的奇妙道具。

低矮的天花板上吊著好幾個發出奇幻光芒、五彩繽紛的玻璃球。

隔著收銀桌有一個看似店主的高個子年輕男性，身上穿著長袖白襯衫跟工匠風格的褐色皮製圍裙。胸前口袋隨意地插著扳手跟螺絲起子。

脖子上掛著一副看似古董的護目鏡。

男人用形狀奇特的燈照向手上那個很像懷錶的東西，仔細地凝視。他留著稍長的黑髮，五官端整，很適合這間店裡奇妙的氣氛。

停在店主肩上的機械鳥閃著寶石般的紅色眼睛看著未央。

男人的視線也離開那個懷錶般的物件，終於抬起頭來。

「歡迎光臨。您是來買【夢境同步機】的客人吧？」

「那個，請問……」

躊躇不決的未央手中那張不可思議的傳單又開始不安分地飄動。

「這裡是懷抱著強烈願望的顧客才會造訪的店。妳為什麼會來到這裡？」

黃昏堂的店主盯著未央問她。那視線就像能看穿人心一樣，讓未央心裡一驚。

「我……」

心裡的愧疚讓她不由得說不出話來。因為想讓同學跟自己一樣尷尬，所以才對傳單感興趣。這種話叫要她怎麼說出口。

「傳單有一瞬間突然飛到我腳邊，後來我就追上去、撿起來了。」

「是嗎？傳單會對自己的判斷感到猶豫還真是難得。看來妳雖然有強烈願望，還是無法完全拋下心裡的遲疑吧。」

店主從後方貨架的抽屜取出一個東西。他將方形金屬箱放在收銀桌上，打開蓋子，拿出一個層疊著好幾個齒輪的機械。

「這是【夢境同步機】。可以讓妳的意識跟同時睡著的人同步，妳可以即時體驗所選擇的對象的夢，就像自己的夢一樣。可以選擇的只有在二十四小時以內說過話的人。」

未央輕輕點頭，但還是很疑惑。畢竟這些內容實在太奇怪了。

未央還沒有回話，店主問她。

「如何？傳單好像無法判斷，所以我也不想強烈推薦。」

雖然感興趣，但是也覺得不安。未央怯生生地問店主。

「……這一定很貴吧？我還在念國中，沒那麼多錢。」

「錢的問題不用擔心。這間店的商品都是用顧客一部分的記憶來支付的。這是最後一台可以體驗別人夢境的同步機。我想想……這款機種也很舊了，我只收妳幾小時的記憶就行了。」

「我要怎麼把記憶交給你？」緊張感讓她的聲音有些嘶啞。

店主從後方抽屜取出無色透明的玻璃球，放在收銀桌上。

「只要閉上眼睛，用手摸這顆玻璃球就行了。這麼一來妳的記憶就會進入玻璃球中，完成支付。不過要收取哪一段記憶，就由我來選擇了。」

「那這些玻璃球裡裝的都是客人支付的記憶嗎？」

未央訝異地仰望天花板。那些發出奇幻光芒、五彩繽紛的玻璃球。

這才像是一場奇妙又非現實的夢吧。

如果在夢中，應該什麼都能實現。不如就用「記憶」買下那個神奇的道具吧。

「好，我買。」

「是嗎，謝謝惠顧。」店主說。

「商品一旦出售既不能退貨，也不接受客訴，還請見諒。【夢境同步機】如果使用方法出錯可能會導致危險，請務必仔細閱讀說明書，小心使用。」

未央腦中掠過一抹不安，但是現在也不能反悔了。

未央指尖輕觸，玻璃球開始發出交雜了黑色、白色、紅色不可思議的光線。

「真的有那麼不可思議的效果嗎？」

那天晚上，未央在自己房間裡從黃銅盒子裡取出【夢境同步機】。拿出齒輪機器，一會兒轉、一會兒停。

說明書上寫著：「轉動機器上的轉盤文字，設定想要同化意識的對方名字。如果是二十四小時以內說過話的對象，就可以成功設定，睡覺時放在自己枕邊，當設定對象的睡眠時間與自己重疊時，就會開始同步，可以親身體驗到對方的夢，像是自己做的夢一樣。※跟對方夢境同步的期間，使用者的身體會處於沒有意識的狀態。對方沒有清醒，自己身體的意識也不會回復，使用時請特別小心。」

未央還是覺得半信半疑。沒想到自己真的用記憶買下了這個東西。

晚餐時，姊姊問未央一部恐怖電影的內容，但是未央完全不記得自己看過。姊姊說，那部電影叫作《恐怖的咧嘴小丑》，未央是跟愛花還有其他班上同學一起去看的，聽說當時還嚇到晚上不敢睡覺。

假如被拿走的是那段記憶，說不定稱得上是一種幸運呢。

一邊想著這些，未央一邊開始將機器上的轉盤文字轉成《YAMADA・AIKA》。

喀噠一聲，文字發出綠光，開始閃爍。雖然還不確定效果，不過道具倒是挺精巧的，看起來一點也不像玩具。把機器放在盒子裡附上的支架，齒輪發出聲音，以各種不同速度開始旋轉。

說明書上表示，跟對方的夢開始同步時，所有齒輪旋轉的速度就會變得一致，但那時候自己已經睡著，也無法確認了吧。

未央換好睡衣上床，把設定完成的【夢境同步機】放在枕邊。讓自己暫忘偷窺愛花夢境的愧疚感。

關掉房間的燈，閉上眼睛。

一回神，未央發現自己身在補習班裡。

補習班的講師張貼著考試高分的成績表。她找了找自己的名字，但沒有找到。

「成績退步這麼多，到底怎麼了？」

面容嚴肅正在責備的講師，臉部突然扭曲變形，成了班上的導師，然後又變成一個似曾相識的男人。

這張男人的臉未央在教學觀摩或學校活動時看過好幾次。那是愛花的父親。班上大家暗地裡都在說，愛花爸爸很注重教育，是個很嚴格的人。

這時未央才驚覺，自己現在已經跟愛花的意識同化，正在偷看她的夢境。從愛花的角度、用愛花的心情，看著愛花的夢……

學校長長的走廊牆上，貼著一整排成績表。

山田愛花——山田愛花——。愛花拚命在找自己的名字。

可是再怎麼找都找不到愛花的名字，焦急和不安讓她忍不住流出眼淚。

走廊另一端傳來一個格外開朗的聲音，說道：「骨牌要倒囉～！」

愛花看向聲音傳來的方向，慘叫了一聲。眼前出現一個白色飄啊飄的東西。是小丑。騎著單輪車往這裡逃過來，一個嘴巴咧到耳朵旁的小丑。

後面是如骨牌般倒下的巨大參考書——。

隔天上課時，未央偷偷看了一眼愛花的側臉。

愛花的臉朝向黑板，但是怔愣地發呆，好像連眨眼也忘記了。

那真的是愛花的夢嗎？即使不看解夢的書也知道，她是因為成績退步而煩惱，心裡充滿時時被追趕的不安。

她看起來脾氣總是那麼尖銳，可能就是因為這樣吧。愛花說著其他同學可能會做的夢，篤定地說：「一定被我說中了吧。」

如果對愛花說出「骨牌」兩個字，她會有什麼表情呢？

假如她也記得夢的內容，是不是也會跟未央一樣，覺得內心世界被人偷窺，感到難為情呢？

可是未央並沒有說出關於愛花的夢境。

偷窺別人的夢境就跟偷窺別人的祕密是一樣的。

偷窺到祕密，會有種比對方更優越的感覺。

但是未央的心情卻一點也好不起來，她甚至覺得自己是個很糟糕的壞人。

這種自我厭惡的心情讓未央當天晚上就把【夢境同步機】放回黃銅盒子裡，收在書桌抽屜最深處。其實她覺得根本應該丟掉才對，但還無法下這個決心。

未央再次把【夢境同步機】從盒子裡拿出來，是在那之後過了一個月後的事。

那天未央去看了雷娜的演唱會。演唱會結束之後，她很幸運地在會場後門碰巧遇見了跟經紀人一起出來的雷娜。雷娜要搭車之前，答應跟包含未央在內的幾個人一起拍照留念。不僅如此，她還在未央的筆記本上寫了「謝謝妳的支持」跟自己的簽名。

未央實在太開心了。回家之後她把前後經過告訴姊姊，不斷反芻這份喜悅。晚上回到自己房間後，亢奮還是沒有消退。

「如果是今天，用那個就可以偷偷看到雷娜做的夢了吧……」

二十四小時以內說過話的人，都可以同步體驗對方的夢境，就像是自己做的夢一樣。

直接見到雷娜跟她說話的幸運，不太可能還有第二次。她實在無法抵抗，不想放棄這次機會的誘惑。

「再一次就好……」

未央坐在床上，把【夢境同步機】從黃銅盒子裡拿出來。

她雙手緊握著機器輕聲喃喃說道。

「再用一次就好，用完了這次我一定丟掉……」

未央人在演唱會會場。

五顏六色的燈光照射下，自己正在載歌載舞。

從舞台望過去的觀眾席，有無數的螢光棒如藍色波光般搖曳閃耀。

身穿著可愛服裝的偶像團體成員叫未央「雷娜」。未央正在偷窺市川雷娜的夢境。

這就好像正在看一部以雷娜的視線演出的電影一樣，感覺很奇妙。從來沒近距離接觸過的成員們親暱地跟未央交談，用她們纖細的手臂勾著雷娜的手。每個人都可愛得叫人忍不住心跳不已。真不想從這場夢中醒來。

經紀人從舞台邊看向這裡，舉起手來。

「雷娜，來休息室一下。」雷娜聽了點點頭：「好。」

下樓走向休息室時，雷娜就被一種異樣的光景包圍。

雷娜眼前是一條看不見盡頭的黑暗走道。

什麼聲音都聽不到。四周只有雷娜一個人。

心裡越來越不安，環視周圍。心臟跳得越來越快。

焦急地想找藏身的地方，但是附近沒有地方可以躲。

背後傳來腳步聲。

雷娜害怕地靜靜轉過頭，但是沒看到人。……不、那裡一定有什麼……

她可以知道有個可怕的東西在黑暗中蠢蠢欲動。

背脊一陣涼意，就像一盆冷水從頭淋下。

因為太過害怕，雷娜慘叫了一聲開始奔跑。

她拚命跑在陰暗的通道上，但是腳步聲依然在身後緊追不捨。

越來越近了。腳步聲在耳邊砰砰響著。

雷娜的前方出現奇妙的障礙物。

那是大量的信和禮物的盒子。

雷娜誤以為一定要打開才能往前進，心裡很著急。

可是她不想打開。因為裡面躲著危險又可怕的東西。

跟雷娜同步的未央也因為不安和恐懼，心臟幾乎要爆裂。

演唱會會場、休息室、餐廳、自己房間。雷娜拚命地逃。

雙腳累到漸漸動不了，也站不住。

聽到逼近的腳步聲，她一邊顫抖還是一邊逃跑。

終於，她再也跑不動了，雷娜轉過頭。一個黑色的影子俯瞰著雷娜。

「你是誰？」雷娜顫著聲音問。

一個男人的聲音傳來。那是一個飽含憤怒跟憎恨的聲音。

……為什麼妳就是不肯接受我的心意呢？雷娜……

雷娜慘叫一聲，癱坐在地上往後退——。

雷娜或許知道有人在追趕自己，而且還曾經感到生命危險。

對了，記得之前在新聞上看過雷娜報案說自己遭到跟蹤狂騷擾。所以是當時的恐懼讓雷娜做了這個夢嗎？

拜託，快點醒來吧！未央奮力在心中祈求。這個惡夢的可怕實在讓人受不了……！

但是未央無計可施，她只能靜靜等待雷娜睜開眼睛醒來。

雷娜的——未央的耳中傳來了救護車的警鈴聲。

一個男人的聲音，聽起來很擔心，還有一個女人的聲音，聽起來很慌亂。慘叫、哭聲。

——雷娜小姐，聽得到我的聲音嗎……!?

——振作一點，犯人已經被捕了……

——啊啊，事情怎麼會變成這樣……

——現在要進加護病房了……

——醫生，雷娜不會有事吧……!?

這些聲音聽起來十分真實。

到底是在夢中聽到，還是在現實中聽到？未央已經分不出來了。

許多情景像快轉的影像一樣，在雷娜眼前流過。

燈光、舞台、各種顏色的螢光棒、坐滿整個會場的粉絲、團體成員、經紀人、高中教室、學生的笑臉、國中、小學、鋼琴、小貓、溫柔凝視著自己的男人跟女人伸出手呼喚著。雷娜。……雷娜……

未央終於發現。這些都是現實中進入雷娜耳中的聲音。

雷娜是不是真的遇到了可怕的事件？

她現在可能已經陷入昏睡狀態。大概是在醫院的加護病房吧。

剛剛出現在雷娜眼前的是她過去十九年的記憶。在她生命結束之前，正在回憶自己過往的人生。

「雷娜，妳要加油！一定要活下去！」

未央在雷娜的意識下吶喊。

「加油啊，快點醒來……求求妳了，雷娜……！」

但是雷娜的夢變得越來越模糊。

就好像是掉入深沉的黑暗中一樣。

要是雷娜就這樣再也醒不來，會怎麼樣呢？

「對方沒有清醒自己身體的意識也不會回復。」說明書上是這樣寫的。

會不會再也無法從自己的身體醒來了？

未央實在太害怕，哭了出來。

「救命啊！」她用發不出聲音的聲音大叫著。

救命啊！救命……！誰來救救我……！

未央睜開眼睛，眼前是自己的房間。

可以看到自己的書桌，還有掛在衣架上的國中制服。

未央躺在自己床上，緊張到流了滿身汗。

「我回來了……」

她馬上關掉【夢境同步機】的開關。手還止不住地顫抖。

一放下心就覺得全身無力，「嗚……」忍不住哭了起來。

接著她一驚，連忙用手背抹乾眼淚。雷娜怎麼了？

未央從床上跳起來，找到手機。

她用顫抖的手指搜尋雷娜的名字。新聞上寫到，昨天深夜雷娜被已經騷擾她一年的跟蹤狂攻擊，緊急送醫，同時也終於當場抓到了犯人。

未央拚命地祈禱。請一定、一定要救救雷娜。

五個月之後，雷娜康復，再次站上舞台。

未央打從心裡替一如往常展露出笑臉的雷娜加油。

因為未央最清楚她經歷過多麼可怕的遭遇。

未央把【夢境同步機】砸得面目全非之後丟掉了。

在教室裡跟愛花聊天時她也曾經想過，會不會愛花也發現了黃昏堂、拿到過同樣的道具。

否則怎麼可能那麼精準地說對別人夢境的內容？

那間店的店主說過，這是最後一台可以體驗別人夢境的同步機。是不是有人比未央更早拿到？

說不定那個人就是愛花，而且直到現在她還在繼續使用。

她隱約覺得，愛花未來可能會遇到意料之外的危險。

但就算是這樣，能夠拒絕誘惑的也只有她自己。

走在暮色街道上，未央再也不會偷偷窺向陰暗的巷弄。

她可不想被別人發現自己潛藏心裡的願望或欲望。

吸魂

——啊，好刺眼。

不要用那麼強的光照我。因為我一直被關在黑暗當中。

什麼？令人屏息的美？

嗯，這我知道。

如寶石般清透的琥珀色眼瞳、帶著絲絹般光澤的黑髮、陶器般雪白的肌膚，

大家都說我就像一個精心打造的藝術品。

看起來栩栩如生？

或許吧。畢竟裡面真的蘊藏著生命。

只是無法眨眼，指尖也一丁點都不能動而已。

「真是噁心。」

女僕看著坐在扶手椅上的人偶，渾身打了一個寒顫。

帶有光澤的水藍色禮服和環繞雪白小臉周圍的大荷葉邊帽。

全身奢侈地裝飾了纖細的蕾絲、飾花和昂貴寶石的人偶，大小雖然只有五十公分左右，看起來卻儼然是這座豪華宅邸的主人。

總覺得那雙大大的眼睛一直追著自己身影，是自己多心了嗎？

女僕偷偷看了人偶一眼。

那溼潤的嘴唇好像悄悄地在呼吸。

跟那個人偶待在同一個房間實在令人窒息。

女僕心想，還是快點完成早上的工作吧。

拉開更衣室的大扇門片，裡面掛著幾百件各色各樣的禮服。每一件都是師傅為人偶仔細量身訂作的美麗禮服。

右邊層架上放的是搭配禮服的幾百個荷葉邊帽、緞帶、髮飾。

左邊層架放了皮靴、涼鞋、包包和蕾絲陽傘。

女僕挑了跟深紅禮服同色的緞帶和黑皮靴放在推車上。

「這麼陰暗的冬天，那孩子想穿紅色禮服。」因為女僕的雇主、同時也是宅邸主人的老婦人這麼交代她。

老婦人還說：「幫她搭一條鑽石墜飾。」厚重窗簾緊緊拉上的寢室床上，她虛弱地閉著眼睛，乾瘦的手交握在胸前。

女僕從寶石盒裡拿出一條有大鑽石的墜飾，但是她沒有放上推車，而是偷偷放進了自己白色圍裙的口袋裡。

這座宅邸裡只有一位臥床不起的高齡老婦跟女僕兩個人。沒有人會發現，也不可能被究責。因為討厭與人往來的老婦人從來不會邀人來家裡。

女僕在一間家事服務公司，被派遣到這戶人家時因為她的美貌被老婦人看上，於是私下僱用了她。

大概在半年前，坐擁龐大財產的老婦人把女僕叫到自己枕邊，說要把所有遺產都留給她。

「我再不久就要蒙主寵召了，心裡唯一掛念的就是那孩子。她告訴我，以後也希望能夠如同以往繼續住在這座宅邸裡。這是我七歲生日時父親請知名人偶師傅替我打造的人偶。在那之後她陪伴了我九十年。那孩子很愛這座宅邸，還有她自己的房間跟那些美麗的禮服。」

所以呢。老婦人繼續說道。

「我希望往後妳可以繼續住在這裡照顧她，這就是讓妳繼承遺產的條件。每天配合她的心情替她換上適合的禮服，梳整頭髮，替她戴上寶石，讓她坐在可以看見美麗花園的窗邊椅子上。也不要忘記準備下午的紅茶跟點心。」

「遵命，夫人。我一定會盡心照顧她的。」女僕答應了老婦人。

同時她也在內心竊笑。

她之所以成為這個孤獨老婦人的女僕，就是因為這個原因。

將近四年，她在這個任性老婦的手下盡心服侍，就像人偶是活人一樣。女僕心想，自己的辛苦終於有了代價。只需要再忍耐一陣子。

她將放著人偶換穿衣物的推車推到扶手椅前。

人偶坐在椅子上，她避開那對溼潤的閃亮眼睛，卸下荷葉邊帽和別在胸前的純金別針，脫下水藍色禮服。

迅速替人偶換上暗紅色禮服、穿上長靴，繫好靴子的鞋帶。

將人偶放在面窗的椅子上坐好，在她頭髮上綁好緞帶，避開視線背向人偶。

她沒有將黃金別針放進口袋，收回了寶石盒裡。

因為她感覺到人偶正在冷冷地盯著自己看。

反正這一切終歸都是自己的東西，也不需要心急。老婦人現在已經骨瘦如柴，看來再活也活不了多久。

女僕心想，等自己繼承遺產之後馬上就可以把這個噁心的人偶處理掉。

關上厚重的房門，女僕快步離開人偶的房間。

在那之後十天，老婦人過世了。

「這個人偶的身體裡有靈魂，隨意丟掉會受到詛咒。」

兩手手腕上纏著黑色跟紫色念珠的靈媒半睜著眼嚴肅地這麼說。

「如果無論如何都想處理掉，就得先從這人偶身上驅除靈魂。」

女僕……前女僕皺著眉，嘆了一口氣道：「果然是這樣啊。」

根據過世老婦人的遺言，繼承了豪邸跟龐大財產的這個女人每天繼續照顧著人偶。九十年來，這個人偶在宅邸裡被主人視若珍寶。聽到靈媒說如果丟掉會受到詛咒，讓她遲遲下不了決心，日子就這樣一天拖過一天。

她已經開啟身為這座宅邸女主人的新生活。

女人覺得，自己抓住了令人難以置信的幸運。

她得以享受無比奢侈的生活，幾乎沒有什麼得不到的東西。

但是繼續這樣下去，自己好像依然是那人偶的傭人，這讓女人覺得心裡很不舒服。

這不就等於自己的主人只是從老婦人變成人偶嗎？

總之，一定要設法處理掉人偶。就算把人偶裝進箱子裡拿到地下室，可能也會一直覺得被那人偶盯著看吧。除非人偶從這座宅邸、不，從這個世界上消失，否則自己將永遠擺脫不掉女僕的人生。

「要怎麼樣才能讓靈魂離開人偶？」

女人問靈媒。靈媒諂媚地搓著手，壓低聲音說。

「我介紹您一位驅邪師吧。但是得有心理準備，對方收的費用很昂貴。」

女人輕蔑地看了靈媒一眼，拒絕道：「不需要妳介紹。」

許多人都想盡辦法接近這個手握大筆財產的女人，想從她手中撈油水。想必這個靈媒也打著一樣的算盤。

一定是故意說什麼靈魂、驅邪，想狠撈一筆吧。

女人嘆了一口氣，這些卑賤的傢伙都一個樣子。

她現在終於瞭解老婦人生前為什麼不喜歡跟人來往。

身上穿戴著華服和珠寶，儼然一家之主的女人，覺得眼前的靈媒真是惱人。

某一天。

那是一個血紅夕陽跟紫色天色混雜、令人覺得詭異萬分的傍晚。

坐在司機開的車上行經暮色街道的女人，拿到了一張奇妙的傳單。

那張緊貼在前車窗的傳單，不管司機再怎麼扯下都還是會再次飄過來，甚至還從打開的車門飄進了車裡。

「這是什麼？這張傳單該不會是……」

泛黃褪色的紙張上，用裝飾文字寫著「黃昏堂」幾個字，下方還畫了齒輪的圖案。

「僅限一位！【吸魂】。巨大的球根會纏住對象，吸取靈魂後封存在球根內」

「吸取靈魂、封存……」

啊！就是這個，女人相當亢奮，黃昏堂又出現在自己面前了。
女人在以前住的地方也去過一次黃昏堂。女人在那裡用某一段記憶交換了與原本自己判若兩人的美麗容貌。
女人迫不及待地對司機說。
「我有急事，把車停在那個巷口等我。」

女人再次獲得想要的道具，回到宅邸。
這次她拿到了一個形態有如惡夢的球根。
那個放在桌上看起來像個眼球般的球根。
球根伸出好幾根像觸手一樣彎彎曲曲的根。
那樣子實在太可怕，光是看都讓人渾身發毛。
女人在腦中回想起黃昏堂店主的說明。
「【吸魂】這個道具只能用在有人類形狀的東西上。可以在乾燥的狀態下保存，使用時只要接近對象就行了。這時候球根會開始動，纏上對象，如果對象有靈魂，就會吸取靈魂封存在球根裡。如果看到球根出現明顯的膨脹就表示已經吸取完成。假如想保存靈魂，就立刻將球根放回黃銅缽中，蓋上蓋子。」

五官端正的店主用冰冷的眼睛看著女人繼續對她說明。

「如果把吸取了靈魂的【吸魂】繼續放著不管，球根就會繼續成長，最後會長出大朵花蕾。【吸魂】會開出符合它吸取靈魂的花。開花時如果靠近其他容器，靈魂就會轉移到新的容器中，否則將會如霧般消散。」

女人把裝在黃銅缽的【吸魂】搬到人偶的房間。

她慎重地用鐵筷夾起，靠近不會動的人偶旁邊。

【吸魂】的根開始彎彎曲曲地扭動，纏到人偶身上，但是最後停止了動作，咚地一聲掉落到地面上。

女人皺起眉望向掉在自己腳邊的【吸魂】。

「這是怎麼回事？大小一點都沒有改變啊。」

【吸根】吸取了人偶的靈魂嗎？還是因為人偶沒有靈魂，所以沒有纏上去？

她打算再試一次，正想用鐵筷夾起來，但怎麼也夾不起來。

沒辦法，只好用指尖抓著乾燥的根尾，放回黃銅鉢裡，就在這時候。

「咿！」她狠狠地倒吸了一口氣。

【吸根】的根像生物一樣開始蠕動，纏上女人的手。

她幾乎發狂地想揮掉，可是怎麼也擺脫不了。

根就像活生生的生物一樣，還纏上了伸過來想扯掉的另一隻手。

【吸根】漸漸膨脹，女人覺得自己的意識漸漸模糊不清。

——啊，好刺眼。

不要用那麼強的光照我。因為我一直被關在黑暗當中。

關在這個拉上厚重窗簾的房間裡。

什麼？令人屏息的美？

嗯，這我知道。

如寶石般清透的琥珀色眼瞳、帶著絲絹般光澤的黑髮、陶器般雪白的肌膚，

大家都說我就像一個精心打造的藝術品。

但是我最討厭這個人偶了。尤其是那對透明澄澈的玻璃眼睛。

好像總是看透了我的內心，叫人心慌不已。

看起來栩栩如生？

或許吧。畢竟裡面真的蘊藏著生命。

只是無法眨眼，指尖也一丁點都不能動而已。

那靈媒真是太不中用了。

這人偶裡本來根本沒有什麼靈魂。

所以【吸魂】才會纏上我、吸取我的靈魂。

然後在這房間裡漸漸成長，開展枝葉，結出大朵花蕾。

應該會開出雪白的花吧。

一定會是又潔淨又美麗的花。

因為那店主說過，【吸魂】會綻放出跟靈魂相配的花。

我的靈魂從綻放的花朵釋放出來，住進人型容器——少女人偶裡。

我說妳啊……

那個用強光照在變成人偶的我身上的妳。

這裡的所有人真的都是刑警嗎？

有個反覆犯下可怕罪行的女人改變了容貌，以女僕身分潛入這座宅邸？

而且她還對這座宅邸之主的老婦人下手，將她逼上絕路……？

怎麼可能，別開這種可怕的玩笑了。

我腦中完全沒有這種可怕的記憶。對，一點都沒有。

我的人生裡完全沒出現過會開出駭人黑色花朵的任何因素。

但為什麼我會陷入這種處境呢？

我做錯了什麼？

我那具失去靈魂後的肉體在哪裡？

躺在那邊地板上身穿黑色女僕服的乾癟女人又是誰……？

刑警……！不，任何人都好。

誰能發現我被封閉在人偶裡的靈魂？

請你去問問黃昏堂的店主，救我出來的方法。

應該還來得及，對吧……？

救救我……

拜託了……

求求……你……

3D女孩

放學後颯介忘了東西，走回二A教室時，剛好看到同班的秋月湊背影。他在幹什麼？一時好奇的颯介在教室後門邊停下了腳步。

湊正專心拍攝著放在講桌上的東西。他拿著智慧型手機一會兒靠近、一會兒離開講桌，盯著畫面偏頭思索。

他好像很專心，完全沒發現颯介的存在。

從遠處也很容易認出湊的背影。因為他體型瘦長，又有一頭很特別的髮型。

大家經常取笑他頭頂好像頂著一個鳥巢，但是從沒看過他因此生氣，甚至也不曾反駁。不管別人說什麼，他只會難為情地「嘿嘿嘿」乾笑幾聲，這讓一些個性暴厲的學生更加得寸進尺，不厭其煩地捉弄他。

老實說，這就是一種霸凌，但是大家都不想惹事上身，只是遠遠地觀望。每當看到放學時湊一個人低著頭走路回家的樣子，就覺得很不忍心。颯介會出聲跟留在教室的湊打招呼，也是出於這份愧疚。

颯介走近湊，故作不經意地問。

「秋月，你在幹嘛？」

「哇！」湊嚇到跳起來，緊張地回頭看著颯介。

「菅、菅、菅野，你、你、你還沒回去啊……」

湊擋在講桌前說道。看來他很不想被看到桌上放的東西，用背抵著講桌，拚命想遮住颯介的視線。

颯介告訴他：「放學路上發現手機忘在書桌裡了啊。」說著，一邊從講桌附近自己的課桌裡拿出智慧型手機。然後他撿起掉在湊腳邊一個十公分左右的小人偶，問道：「這是你的嗎？」那是一個特攝戰隊五戰士的女主角，粉櫻戰士的公仔。

湊立刻滿臉通紅，以迅雷不及掩耳的速度從颯介手中奪過人偶。

「哇啊啊！你、你不用在意這個東西啦。哈、哈哈哈……」

湊一臉尷尬地將人偶反手藏在身後，颯介對他說。

「我也最喜歡粉櫻戰士。幼稚園的時候經常會拿公仔玩。現在也還擺在我房間裝飾，放在書桌上最顯眼的位置呢。」

「真的嗎？」湊瞪大了眼睛看著颯介，然後猶豫地開口問。

「你最喜歡的不是隊長火焰戰士或者個性剛烈的的雷電戰士？」

「嗯，我覺得粉櫻戰士最帥。乍看之下好像不怎麼可靠，但是緊要關頭卻有勇氣隻身一人面對敵人，腦筋又很好，而且必殺技還很強。」

湊頓時表情一亮，蒼白的臉上染上紅暈。

「我也這麼覺得！其實這個公仔是有機關的。」

湊將身穿粉紅色戰鬥服的粉櫻戰士拿到颯介面前，那表情就像要揭露一個重要祕密一樣。公仔跟颯介放在房間的一樣，但是狀態要來得好多了。

「她手腳裡面裝了鐵絲，可以變換動作喔。」

「哇！啊，你該不會是在幫她擺姿勢拍照吧？最近很流行拍照上傳，就是在各種不同情境下拍攝公仔那種。」

「嗯，不過我拍的是動畫。你知道定格動畫嗎？」

「知道啊。就是像手翻漫畫那樣把很多張照片串連起來，拍出看起來像在動的影像對吧？我很喜歡耶，經常在網站上看影片分享。」

聽到颯介這些話，湊的眼睛更加閃亮。他遞出自己的智慧型手機，怯生生地說。

「這是我拍的公仔定格動畫，你要看嗎？」

「可以嗎？謝啦！」

颯介探出上半身，湊小心翼翼地將粉櫻戰士放在講桌上。

「我用這個粉櫻戰士拍了定格動畫。小學時我寫過粉絲信給特攝的東野導演，導演說對我的心意很感動，特地送給我的。」

「東野導演？你是說五戰士的導演？」

「你知道啊！這是我的寶物呢。」

湊羞澀地微笑。他點開智慧型手機畫面，讓颯介看裡面儲存的動畫。螢幕上的粉櫻戰士公仔十分生動流暢，一點也看不出是定格動畫。

粉櫻戰士來到巨大的教室裡，對抗由板擦變形的人型機器人。

颯介專心地看完動畫後把手機還給湊，很佩服地對他說。

「哇……你真是太神了。沒想到光用手機就能拍出這麼厲害的定格動畫。」

「現在有很多編輯用的應用程式。菅野，你也可以拍拍看啊，像這個程式我就很推薦。」

「啊，等等。我下載到手機裡。」

「菅野，你的手機是最新款耶！太帥了吧！」

「嘿嘿。我存了好幾年的壓歲錢才終於買下來。還努力幫忙做很多家事。」

颯介正拿出自己的智慧型手機跟湊一起操作時，聽到有人粗聲說：「喂！你們在幹嘛？」

抬頭一看，門口有五個男生正在看著這裡。不只是在二A裡，他們可以說是這間學校裡特別素行不良的小團體。身上制服穿得邋邋遢遢的老大加藤瞇起眼看著嚇到呆站著不動的颯介他們，臉上帶著輕蔑的笑。

「菅野啊，你怎麼有臉擺出一副模範生的樣子還破壞校規啊。而且還用最新型的手機？教室內可是禁止使用手機的，我來幫你保管吧。來吧！沒收～。」

說著，他朝颯介拿著的智慧型手機伸手。

颯介往後退時，加藤的手停了下來。原來是湊抓住了加藤的手腕。

「不、不、不可以這樣。這、這是菅野很貴重的東西。」

颯介非常訝異。平時受欺負總是低頭不回應的湊，竟然為了保護他的智慧型手機而反抗加藤。

加藤大概沒想到會遭到反抗吧，屈辱讓他漲紅了臉，就像在看什麼髒東西一樣，盯著湊碰觸自己的那隻手。

「不要隨便碰我。你這傢伙囂張什麼！」
加藤大吼一聲，用力打掉湊的手。
湊一個沒站穩撞到講桌。粉櫻戰士再次掉落地面。
颯介和湊急忙伸手想撿起來，卻同時「啊！」地叫了一聲。
因為加藤在他們兩人眼前踩了公仔一腳。「唔……」湊嘴裡發出低鳴。
他想搶回公仔，但加藤在他面前將公仔踢飛，其他四個人也上前幫忙壓制，眾人扭打成一片。桌椅發出劇烈聲響倒下。其中一個人使盡全力抓住想去撿公仔的湊的襯衫，被拉住的湊一屁股跌在地上。
加藤瞪著伸手想拉湊起來的颯介，皺著臉說。
「怎麼？菅野。想反抗我們嗎！小心我讓你變得跟秋月一樣！」
其中一個人撿起粉櫻戰士，交給加藤。
「還給他吧。那是秋月很重要的東西。拜託你了。」
颯介對加藤低頭。加藤揚起下巴，忿忿地說。

「你們這些宅男真是噁心死了。為了這種人偶要死要活的，腦子有毛病吧？根本把它當女朋友了吧。」然後他好像又想到了什麼，補了一句。

「我會還你啊，但是我有條件。不要玩這種人偶，你帶一個真正的女朋友來給我看看。」

加藤說完咧嘴一笑，彷彿覺得自己說出了什麼體貼建議一樣。

「到時候把那一幕拍下來。只是要你介紹女友給我們認識而已，這不算霸凌吧？要是不快點帶來，我就要把這邊的小女朋友丟進垃圾桶囉。」

加藤帶著四個夥伴，嘴裡說著：「不知道他會帶什麼樣的女人來，真是太期待了。」一邊咯咯笑著離開了教室。

看到臉上失去血色呆呆站著不動的湊，颯介也不知道該對他說什麼才好。颯介向湊道歉。

「對不起。都是因為我在教室裡看動畫，才會變成這樣……」

「這不是你的錯，是我自己想讓你看的。而且我本來就不應該在教室裡拍定格動畫。謝謝你剛剛幫我說話。」

不要緊的。看到湊說這句話時難過的表情，颯介覺得胸口一陣刺痛。

「我們把粉櫻戰士搶回來吧。找個願意幫忙的女生，請她假裝你的女朋友。」

「不可能啦，我連跟坐在隔壁的女生說話都會緊張。這種事我實在開不了口拜託別人。再說了，要以我女朋友的身分被拍下影片，怎麼可能有女生願意做這種事呢。」

「對了！我去拜託我姊！把事情經過告訴她，她應該會願意幫忙的。」

離開學校後颯介拿出手機傳訊息給姊姊。姊姊馬上回了訊息，但是內容卻不如颯介的期待。

「抱歉啊，我不想因為這種奇怪目的被人拍下影片。如果影片被上傳到社群媒體就糟糕了，有時候會引發連本人也沒有想像過的影響。萬一炎上還會被很多人看到。這很明顯是霸凌，你去找老師或者對方家長談談看如何？」

如果找老師談就能解決，那加藤那夥人早就不會霸凌同學了。他們就是會故意走在模糊邊緣，使一些很難界定到底算不算霸凌的微妙手段。

颯介小學時有一段時期也被類似加藤這種人霸凌過。會成為霸凌標的的原因真的只是很小的事。在那之後颯介全家搬到隔壁鎮，蓋了新家，跟那個霸凌的孩子屬於不同的國中學區。

儘管安心不少，但有時候還是會回想起被霸凌的痛苦記憶，感覺胃附近一陣陣地揪痛。前不久偶然在街上遇見霸凌颯介的有田，對方賊賊笑著上前來打招呼，颯介頓時腦中一片空白。所以每當看到跟當時的自己嘗到一樣痛苦滋味的湊，他就會覺得好像發生在自己身上一樣地難過。

他很想阻止加藤他們的霸凌，並且替湊拿回他珍貴的公仔。

「該怎麼辦才好呢……」

他越想越覺得似乎不可能解決，心情越來越消沉。

太陽漸漸落下，西邊鮮亮的天空交雜了橘色餘暉跟紫色天幕。颯介出神地想，真是不可思議的顏色啊。白晝與夜晚的夾縫之間。

這時。一張老舊的傳單飛到颯介腳邊。

他撿起來一看，上面用裝飾文字寫著「黃昏堂」，下方還畫了齒輪。

「以驚人低價提供不可思議的雜貨，能立刻實現你的心願」

那是一張特賣的傳單。傳單已經褪色泛黃，但是特賣日期寫的竟然是今天。

怎麼找都沒看到店的住址或電話號碼。

開店時間是「黃昏時分」。

「黃昏時分……不就是現在這個時間嗎……」

颯介再次看了傳單一眼，不覺嚇了一跳。不知道什麼時候又多了幾個文字。

「僅限一位！【3D女孩】。無論在室內室外，都能以3D影像映照出真假難辨、栩栩如生的少女，還能有自然的動作和聲音」

「不會吧。如果真的有這種東西，我就不會這麼煩惱了……」

颯介四處尋找垃圾桶想丟掉傳單，但就是找不到。

看來只好帶回家丟掉了，他摺好傳單，走在陰暗的路上。

這時他眼角餘光發現有個閃著白光的東西，不經意地轉過去。

從大馬路望去一條陰暗巷弄的深處，可以看見一扇嵌有大齒輪的奇妙門扉。

發出白光的是門上霓虹招牌的文字。

「黃昏堂……？就是這裡嗎……！原來真的有這間店……」

看起來確實很可疑，不過，他也有點想親眼確認。

颯介猶豫了一會兒還是帶著「只是去看看而已」的心情，踏進了那條狹窄巷弄。

隔天午休時間，颯介避開其他人的注意把湊叫到教具倉庫。

聽了颯介的說明，湊瞪大了眼睛。

「黃昏堂……我聽說過。但是沒想到真的有這家店。你說的是那間可以用記憶來換取實現心願道具的店對吧？」

颯介點點頭，一邊回想著跟那個謎様黃昏堂店主的交談，一邊答道。

「我覺得應該可以實現心願，只要我們知道怎麼使用這個不可思議的道具。」

「那記憶呢？你的記憶被拿走了嗎？」

「其實到目前為止，我都還不知道到底失去了哪一段記憶。我想應該沒帶來什麼實際損傷吧。」

「但你還是為了我支付了記憶吧。對不起……真的很謝謝你。」

「不用介意啦。我也早就對加藤他們很不爽了。」

「要是他們以後不再霸凌別人就好了……所以你在黃昏堂買來了什麼？」

「【3D女孩】。我看過說明書，把使用方法背下來了。」

颯介戴上從後背包取出的黃銅製頭戴裝置。

「這個裝置可以自動調節，一戴上去就會調整成貼合頭部的大小。」

齒輪發出機械聲開始動，金屬束帶固定在颯介的額頭和後腦勺。

「這個地方是投影機。把鏡頭拉近拉遠，就可以將3D影像投影在幾公尺以外，往左右轉動還可以改變影像的大小。不過條件是投影機跟投影的地點之間不能有障礙物。」

「用這個【3D女孩】可以投影出什麼東西？」

「就如同這個道具的名字，可以投影出一個女孩子。最新機種還可以投出3D人類、3D動物等等，許多不同形態的3D影像，老闆說這個機種是已經不再生產的舊款，只能投影出女孩子。不過在頭戴裝置裡輸入，可以仔細設定出希望的女孩外觀。身高、髮型、長相等等。這次我設定的是十四歲、鮑伯髮型、身穿國中制服、身高一百五十八公分。外表接近粉櫻戰士變身前的櫻隊員。」

「這麼小的機器，真的能投出3D影像嗎？」

「我也很懷疑。不如來試試看吧。啊，這個圓形的開關要像這樣，固定在胸口正中央。就像巨大英雄的三分鐘計時器一樣。」

颯介在手掌心拍了一下那個約莫五公分大小的橢圓形開關。

下一個瞬間，颯介眼前大約一公尺左右處，出現了一個女孩子。

那是個長得很漂亮的美少女。她背對著颯介，但是臉映在牆上的鏡子裡。

湊和颯介同時「哇！」地驚訝得往後退了幾步，臉也漸漸漲紅。

女子也嚇得往後退。她留著鮑伯髮型，身穿水手服。

「哇！妳、妳好！」

湊慌張地打招呼，颯介訝異地說。

「是3D耶！這個女孩是3D影像！」

「不會吧！看起來跟真人一樣耶……根本一模一樣啊……」

「她會跟戴著頭戴裝置的人做出一樣的動作。所以會跟我有一樣的動作。」

「喔，真的嗎？」

颯介高舉雙手搖了搖，3D女孩也舉起雙手搖著。

颯介抓抓頭，3D女孩也一樣抓了頭。

颯介回想著說明書的內容，連續按了兩次按鍵後說。

「你好啊，秋月。」

「你好啊，秋月。」

聲音透過無線麥克風經過轉換，由3D女孩口中說出來。

「太、太厲害了……」湊訝異地說不出話來。

3D女孩跟颯介一樣，單腳在原地轉了個圈，低頭鞠了個躬。

「怎麼樣？再怎麼看我都很像一個正常的人類吧？」

「沒、沒、沒錯……」

湊依然漲紅著臉，不知道該怎麼回話。3D女孩說。

「只要知道怎麼聰明地使用，我就可以讓加藤他們好看。今天放學到我家來吧。我們來練習兩人站在一起的時候怎麼樣能看起來更自然。」

「啊？去菅野家嗎……？」

「對啊。」颯介和3D女孩同時笑了。

從那天開始，颯介跟湊每天都一起放學，練習如何自然地操作3D少女。一開始在房間裡，然後來到室外。

這段時間還挺愉快的。除了操作練習之外，他們也有很多聊天的話題。湊對特攝電影的相關知識相當豐富，光是聽他說就很有意思。兩個人已經同班半年，颯介很後悔為什麼之前沒跟湊交朋友。

颯介也向湊坦白其實自己偷偷在寫小說，湊很感興趣地認真聽著。兩個人都是動漫迷，怎麼聊都聊不膩。

加藤他們的捉弄依然持續，不過畢竟他們有兩個人，還是撐了過來。無論如何都要把湊寶貴的公仔拿回來。颯介在心裡發誓。

日子就這樣飛逝。

多虧他們勤奮的練習，颯介現在已經能熟練地操作，將3D少女自然地映照出來。

彆扭走在路上的湊身邊，是活潑輕快的3D少女。

「不要這麼緊張啊，秋月。」

颯介在他五公尺左右後方一邊小跳步一邊對他說。

3D少女是他們兩人心中理想的女孩，所以也不難理解湊為什麼會緊張。

湊的聲音透過埋設在器材中的收音麥克風，可以從頭戴裝置內建的喇叭聽見。麥克風的感度很不錯。

「好、好啦……今、今天天氣很好呢……」

颯介忍不住哧哧笑了起來。

從對面走過來的人都對用異樣的眼光打量著颯介。

畢竟一個國中男孩頭上戴著裝有齒輪的金屬頭戴裝置，一個人自言自語，一邊笑一邊小跳步，也難怪路人會覺得奇怪。

等行人走過後，由颯介化身走在前方的女孩開口。

「影像太完美了。我想一定不會有人發現在你身邊說笑的女孩是3D影像。把加藤他們叫出來，讓他看看你有這麼可愛的女朋友，跌破他們的眼鏡吧。然後讓他依照約定把公仔還給你！」

他們判斷陰暗的狀態下影像看起來更真實、不容易穿幫，所以指定在傍晚見面，約加藤他們在一個很少有人出現，距離也有點遠的大型公園停車場。

萬一在人多的地方，颯介或者湊，又或者是兩個人可能同時因為緊張導致3D的操作或演技失敗。

這時距離加藤他們拿走粉櫻戰士的公仔已經過了兩個星期。

這一天終於來了。兩人把信放在加藤的鞋櫃裡。

「明天星期六傍晚五點，我們在麗澤公園的第三停車場等你。一定要把公仔帶來。到時候影片你愛怎麼拍就怎麼拍。」

他們從遠處偷偷觀察在鞋櫃前看信的加藤，颯介跟湊對彼此點了點頭。一起加油吧，我們一定能成功的！

沒想到。當天傍晚卻發生了最糟糕的意外。

颯介前往約定地點的公園途中，因為太過亢奮，到附近一處商場借廁所，這下糟糕了，他停在自行車停車場的車不見了。

「自行車不見了……！我忘記上鎖了……」

他急忙衝到馬路上，環視四周。

大概在十公尺左右前方，有個男人正騎在颯介自行車上想逃跑。

「站住！那是我的自行車！」

他大聲喊叫，那男人轉過頭來。那張咧嘴賊笑的臉，正是小學時曾經霸凌過他的有田。有田裝作沒看見颯介飛馳而去。颯介這才醒悟，自行車上貼著自己的名字和學校名稱的貼紙，有田發現之後故意要把自行車騎到某個地方去丟棄。

「為什麼……怎麼偏偏挑這個時候……！」

颯介急忙拿出手機打電話給湊。湊馬上接了電話。

「對不起！真的很抱歉。我自行車被偷了。我現在就跑過去公園！」

「啊！沒事吧？那你的自行車呢？」

「自行車的事之後再說。不過在我過去之前，你一個人能拖延一下時間嗎？」

「嗯！我會想辦法的。」兩人掛斷了電話。

加藤他們一定會使勁嘲笑一個人出現的湊、欺負他。可能還會拍下讓湊淪為笑柄的影片，上傳到某個網站吧。

颯介用盡全部力量地跑。但是他原本就不擅長跑步，現在氣喘吁吁，怎麼也跑不快。不過他還是拚命地跑。時間一分一秒經過。

終於進入公園範圍內時，颯介已經累得筋疲力盡。胸口灼熱，腦子也暈頭轉向，雙腳現在沉重得好像不屬於自己。

距離約定時間已經過了十五分鐘。

眼前這條路可以筆直地通往第三停車場。

遠方可以看見湊纖瘦的小小背影。

「糟了……！」

颯介一邊跑一邊急忙戴上黃銅的頭戴裝置。這時聲音從裝在湊身上的麥克風，透過頭戴裝置的喇叭傳到他耳裡。

「你終於來了，遲到了十五分鐘耶。」

湊大聲呼喊著。加藤他們大概是從停車場另一端正在接近吧。從精密度極高的收音麥克風也可以聽到他們的聲音。

「喂，我要開始拍囉。一定會很有意思的……喂！秋月！你女朋友呢？難道她是透明人嗎？還是你最擅長的幻想女友？」

哈哈哈哈，噁心的宅男，你就幻想一輩子吧，加藤的夥伴也都笑了。

颯介上氣不接下氣地跑著，伸手摸頭上的投影機。

他開啟攝影機，讓3D少女投放在二十公尺前方，對好焦距。

接著他用手「砰！」地拍了一下胸前的開關。

3D少女忽然出現在二十公尺前方。

水手服的裙擺翻飛，她奔向湊的身邊。

不過她的身影十分巨大。身高大概有五公尺吧。

颯介太過緊張，調整失敗了。

「哇！」颯介驚訝地大叫。3D少女也一樣大叫：「哇！」

那聲音響遍周圍，湊轉過頭來。「菅野……！」

「哇！那是什麼！超大的！」

可以聽到加藤他們驚訝的聲音。

颯介整個人慌了，他朝攝影機伸手，想把3D少女調回等身大小……但是他轉錯了方向。咚！3D少女變得更加巨大。

現在她的身高已經超過十公尺。大概相當於四層樓高的建築。

她的身影就像是特攝電影裡的巨大英雄角色一樣。

「咿～～～！」

颯介停下腳步，慌張地雙手伸向頭戴裝置。

於是3D少女也停下來，大叫著「咿～～～！」

那動作看起來就好像正在搔頭。

「怎、怎麼搞的！是在拍什麼電影嗎？」

「特攝？不會吧。看起來就像真人啊！」
「怎麼可能有那麼巨大的人啦！那是太空人吧!?」
「那是新開發的兵器！她嘴巴會發射出飛彈！」
也難怪加藤他們會嚇壞。巨大３Ｄ少女的震撼壓迫非比尋常。既然如此，不如就換個策略吧，颯介伸手向攝影機。他猛地轉動鏡頭變化投影距離，３Ｄ少女維持著巨大的尺寸瞬間移動到加藤他們面前。
「哇！」
加藤他們嚇到雙腿發軟。
３Ｄ少女雙手插腰，低頭看著加藤他們。
「欺負我們家小湊的人，我絕不放過！」
颯介瞇起眼瞪向腳邊。巨大少女也瞇起眼睛瞪著加藤他們。
「把公仔還給小湊！要是不還，我就把你們每個人都丟到外太空去！」
「還、還！我還就是了！」

加藤把公仔放在地上，自己一個人先逃了。

「要是再敢欺負別人，不管你逃到哪裡，我都會把你揪出來一腳踩扁！」

巨大少女驚人的壓迫感讓所有人都嚇得緊跟在加藤身後逃走。

一轉眼就看不見加藤他們的身影了。

颯介轉過頭，看到湊正在用力地揮手。從遠處也可以看出他正在笑。

「我把加藤他們的樣子拍下來了。他們一定不想被別人看到自己這個樣子吧。」

「你拍下來了啊！不愧是你！要是他們也拍下影片上傳就好了。這樣我們就可以對外宣稱，是用秋月厲害的特攝技術拍的。」

颯介透過3D少女這麼說，一邊說一邊忍不住噗哧笑了出來。

巨大3D少女也噗哧一聲，格格地笑了。

湊也笑了。兩個人跟巨大少女笑到捧腹，覺得好暢快。

對了，颯介發現剛剛看到偷走自行車的老同學也不再害怕了。那些原本占據胸口的痛苦記憶，幾乎都想不起來了。

是黃昏堂嗎……颯介心想。這大概就是支付給店主的記憶吧。

已經不要緊了。去找回自行車吧。他心裡充滿自信跟希望。

「我以後想當個拍特攝電影的導演。」湊說道。

「那到時候我要當你第一個觀眾。」颯介也說。

「我們要不要一起拍電影？你寫劇本、我來當導演跟攝影。」

湊仰頭看著3D少女。

「不錯耶！」

颯介輕聲說，微微一笑抬頭望向3D少女。

3D少女也彎起嘴角笑了，仰望著染上深濃暮色的美麗天空。

P

真心話抽屜

華耶乃承認，自己個性滿好勝的。

還有太逞強。

可是她覺得男友蓮也很好勝，跟自己一樣愛逞強。

因為個性一樣，兩人少不了有許多摩擦，但是對彼此的愛更勝這些摩擦，兩個人在一起的時候也確實很開心。要不然也不會從高中二年級開始交往十三年之久。

她覺得蓮的想法應該也一樣。雖然說兩個人直到現在還是會爭執到底是誰先喜歡上誰。

但麻煩的是，他們倆都覺得誰先開口說「跟我結婚吧」的一方就算是輸家。

儘管不知道這樣到底輸掉了什麼，總之，他們兩個人心裡都是這樣想的。

他們知道兩人共同的朋友在打賭，華耶乃跟蓮誰會先開口求婚。所以臉更加拉不下來，兩人都堅持不向對方開口說「想結婚」這句真心話。

最近華耶乃和蓮參加過好幾場共同朋友的婚禮。今年以來已經是第五次了。他們工作也在同一間公司，所以不只學生時期的朋友，就連同事也是同一批人。

看到隆重的典禮上那麼幸福的新郎新娘，還是忍不住流露出憧憬。當華耶乃輕聲說：「結婚真好。」蓮也跟著說了一句：「對啊，結婚真不錯。」

在那個瞬間，兩個人都同時強烈地意識到結婚這件事……，華耶乃是這麼覺得的。心裡莫名地開始悸動，彼此都害羞得紅了臉，還嘟嘟囔囔地「啊……」、「那個……」胡言亂語起來。

但終究誰也沒提起結婚的話題。從婚禮會場前往車站的計程車裡，華耶乃覺得很煩躁，差一點就要自己開口跟蓮求婚了，但她還是忍了下來。

這個時代還執著於一定要由男人向女人求婚，或許已經是太過時的觀念。

但儘管如此，華耶乃還是希望蓮能跟自己求婚。她希望成為被求婚的那個人。因為這是她長久以來的夢想。

「只要蓮願意說出真心話就行了啊。」

這件事聽來簡單，其實非常困難。到底該怎麼做才好呢？

心裡帶著焦急的華耶乃，在夕暮街頭發現了黃昏堂。

一張奇妙的傳單上寫著，今天的特賣品是【真心話抽屜（迷你）】。

「只需要當對方身在附近時，將自己現在最想問的事寫在小卡上，放進小抽屜裡即可。」看起來酷酷的年輕店主這麼對她說。

「對方一打開抽屜，就會脫口說出『針對這個問題的真心話』。但是只能使用兩次，一次測試、一次正式。」

她記得對方應該是這麼說的。老實說，當時因為她陶醉地盯著店主看，細節根本沒記清楚。代價好像是記憶，他還說了什麼記憶玻璃球之類的，詳情如何現在也不太確定。一回神，華耶乃發現自己一個人站在陰暗的巷弄中，轉身望去，黃昏堂已經消失。就好像打從一開始那裡就沒有任何店面存在一樣。

可是華耶乃手上確實有個嵌上許多齒輪的黃銅小抽屜。

這個【真心話抽屜】的效果如何，華耶乃想先測試看看。

她在抽屜裡放進寫了「喜歡的員工是誰？」的小卡，放在公司女上司座位上。上司偏頭不解：「這是什麼？」拉開了小抽屜，有一瞬間眼神游移，呆呆地出了神，然後輕聲說出了：「麻生♡。」

女上司從來不承認，但是她特別關照新員工麻生，這件事整個部門的人都已經發現了。華耶乃決定相信這個【真心話抽屜】。

幾經思考，華耶乃決定單刀直入地問蓮「希望我結婚嗎？」聽到這個問題他應該會說出真心話：「當然。」

既然是求婚，當然要浪漫一點。

兩人共進晚餐，舉起紅酒乾杯，在高樓俯瞰夜景，然後──。

為了防止他事後不認帳，還需要有證人。如果讓他在華耶乃親人面前說出口，之後一定無法抵賴。跟華耶乃同住的弟弟仁看來是最佳的人選。

「就是因為這樣，所以今天晚上我要邀蓮到家裡來吃晚餐。」

幾天後，盛裝的華耶乃跟小自己兩歲的弟弟仁這麼說。

「啊?蓮哥今晚要過來?真的嗎?」仁顯得很驚訝。

「對啊，我寄了邀請郵件給他。說關於我們兩個人的將來，有重要的事要跟他說。」

蓮一定會覺得今天晚上將由華耶乃主動提起結婚的事吧。他會暗自在心裡竊笑，覺得這下穩贏了，然後迫不及待地過來。

這時候立刻拿出【真心話抽屜】，讓他說出真心話。這計畫太完美了。

約定的時間是晚上八點。還有十分鐘。

蓮向來很守時，一定會剛好在約定的時間前來。

廚房裡已經準備好媲美高級餐廳精心烹調的晚餐。漂亮的房間裡裝飾了美麗的鮮花，珍藏已久的高級紅酒也冰到正適合喝的溫度。

不過這一切都是仁準備的啦。仁還在上大學時就自己創業，現在賺了不少錢。而且下廚是他的興趣，裝潢的品味更是絕佳，實在是很理想的同居室友。

仁熟練地布置好餐桌，一邊嘆了口氣。

「其實妳也不用這樣逞強啊，反正都要結婚，那誰求婚不都一樣嗎……」

華耶乃狠狠瞪了他一眼，他便把話吞回嘴裡，不敢再說。

仁從小在姊姊面前就抬不起頭。

華耶乃坐在吧檯的高腳椅上，隔著大窗戶俯瞰外面的夜景。

真是個浪漫的夜晚。舞台很完美。再來就只等他求婚了……

但是八點都已經過十分了，門鈴還沒響。過了二十分鐘、三十分鐘。

奇怪。他從來不曾事先沒聯絡就遲到的。

華耶乃焦急地傳簡訊過去「你到哪裡了？」但是蓮沒有回。

過了四十分鐘，就在華耶乃的焦躁來到頂點時，蓮終於回電話了。

「我還能在哪裡。我換工作現在人在香港啊。剛剛都在開一個很重要的會議。」

「啊？香……香港？你去香港了？」

「我已經來兩個月了啊……為什麼現在才問……」

「我一點都不記得了……！對了，這麼說來最近在公司好像都沒看到你。」

華耶乃整個人呆住。怎麼會忘記呢？該不會這就是作為代價支付的記憶？如果是的話，那個店主拿走這種記憶又有什麼用呢？

話說回來，那種可疑的店裡賣的東西，怎麼能相信呢。

「那個……華耶乃，發生什麼事了嗎？妳該不會是忘記我了吧？」

華耶乃滿肚子不高興地回想著那個店主，完全沒留意到蓮因為一時心急，正要說出重要的事，也沒注意到此時蓮的語氣是前所未有的嚴肅。

「關於我們以後的事，我有話想跟妳說。華耶乃，跟我……」

「呼……」她嘆了口氣，掛斷了電話。瞬間覺得全身虛脫無力。

搞砸了。看來只能等蓮從香港回來之後，重新再來一次了。到時候又得從佈置開始……

「感覺好像也不需要執著於什麼情境了……」

這時，仁拿起放在桌上的【真心話抽屜】，問道「這什麼？」他拉開放著寫有「希望我結婚嗎？」小卡的抽屜。

根本來不及阻止他。呆愣了短短一瞬間，目光游移片刻後，仁脫口而出。

「當然。」

「啊？」

「拜託妳快跟蓮哥結婚吧。這裡是我家，負責煮飯打掃的也都是我。」

一直以來仁從來不敢跟華耶乃這麼說。

這不可思議的抽屜，讓弟弟對姊姊說出這個問題的真心話。

「等、等一等！我又沒問你！」

她急忙確認【真心話抽屜】。

抽屜裡那張小卡，像變魔術一樣消失了。

就好像在說，已經功成身退。

「雖然是同一句話，但是意義完全不一樣啊……」

華耶乃沮喪地垂下肩膀。看來通往野心的終點，還有很長一段路要走。

瞬間移動計時器

那個男人在祐世智慧型手機的畫面裡，露出從容的笑。

男人的特寫畫面背後，是耀眼的藍天。

畫面角落寫著小小的「LIVE」。這是影片分享網站的直播節目。

男人慢慢將裝在自拍棒前端的智慧型手機鏡頭拉遠，拍攝到全身，這才看出他所在的地方。

那是一個令人頭暈目眩的懸崖邊緣，男人正坐在往外突出的岩石上。

鏡頭映出男人一派輕鬆搖搖晃晃的紅色運動鞋腳邊，遙遠下方可以看見粗獷的灰色岩石和流過其間的細長藍色河川。

就算沒有懼高症，這光景也足以讓人緊張到下意識地吞口水。

「今天也謝謝大家收看。這裡就是之前知名攀岩家爬到一半放棄的地方，我現在已經爬到崖頂了。這可不是假的喔。」

男人從岩石上站起來，立在緊接邊緣的地方俯瞰崖下。

正在觀看影片的人數瞬間突破數千。聊天室裡湧現「不會吧！」「這特攝吧」「是怎麼爬上去的？」等亢奮的留言，還有好幾個觀眾給了這個男人名為「斗內」的贊助金。

畫面那端的男人露出目中無人的笑臉，說著：「那就再見囉。下次我也會在超越各位想像的可怕地方跟大家相見。」然後他在身體從崖邊探出的危險平衡狀態下揮手，咧嘴一笑結束了直播。

「……什麼嘛。這傢伙又拍這種囂張的影片。」

祐世啐了一口，點開影片分享網站上「健瑠」的頻道首頁。訂閱人數有四十五萬人。這一個月以來訂閱人數就超過了祐世頻道十萬多人。

原本會在讓觀眾屏息的危險地點直播、獲得歡迎的其實是祐世。為了維持熱度，他努力鍛鍊身體，也仔細進行事前調查，費了很大的苦心。

因為埋頭拍攝影片，大學也輟學了。父母親為了籌措他的學費跟生活費不惜增加工作，現在彼此之間的關係也還很尷尬。

時間過了兩年。他以為自己終於能在影片創作者中占有一席之地，沒想到健瑠卻開始發表類似影片，沒多久就搶走了祐世的觀眾。

健瑠原本就有電影或電視連續劇中在危險場景擔任替身演員的經歷，更替他刺激的影片增添了可信度，那俊帥的外表讓他深受歡迎，還曾經上過電視節目。

為了重新找回觀眾，祐世嘗試上傳影片分享網站規範違規邊緣的直播，不過觀眾人數跟斗內都只是一天天地減少。

反觀健瑠，這幾次都挑一些連祐世看了也覺得心驚膽戰的危險地點直播。再這樣下去競爭對手健瑠的人氣和知名度一定會繼續攀升，祐世將被漸漸遺忘，成為歷史中的直播主。前不久他還在電話上跟家人大吵一架，最後丟下一句話說自己一定會成為成功的影片創作者，賺大錢的。

祐世焦躁地咬著指甲，按捺著心裡的厭惡再次播放健瑠的影片。才剛剛發布的影片現在已經有三萬多次的播放。他不甘地蹙眉，還是認真地開始檢查影片內容。因為其中有些讓他覺得不太自然的地方。

他把影片停在健瑠坐在崖邊搖晃雙腳、拍到他運動鞋那一幕。

「真奇怪，這款限定運動鞋不是今天才上市嗎？」

那是知名服裝店跟知名運動品牌聯名的限定款，祐世也很想要，但是想到得一早去排隊他就嫌麻煩。他刷社群網站時看到，這款新鞋只在店面銷售，而且十一點開店之後短短五分鐘就賣光了。

假如健瑠也去這間店買運動鞋，那麼同一天下午四點要在相隔遙遠的那處懸崖直播，除非搭直升機，否則是不太可能的。

假如健瑠事先透過門路向這間店的相關人員取得紅鞋，爬上那麼陡峭的懸崖鞋子卻一點都沒弄髒，這也太奇怪了。

再說了，這種城市款運動鞋是不可能穿來攀岩的。難道是拍攝之前換上的？

祐世覺得健瑠可能是故意擾亂觀眾。因為如果留言或者社群媒體炎上，就能刺激播放次數的增加。

「真是可疑……他的拍攝方法一定藏有什麼祕密。」

這天傍晚，他對健瑠的懷疑轉為確信。

懷抱著鬱悶的心情在街上亂逛時，他偶然看見了健瑠。他本人可能覺得已經變裝，但這可騙不過祐世幾乎把健瑠影片看穿、仔細觀察的銳利目光。他跟一群女性朋友一起開開心心進了一間服裝店。

健瑠會出現在自己行動範圍內讓祐世很驚訝，不過人聲雜沓的城市裡，人跟人之間從未打過照面也不是什麼稀奇的事。

無論如何祐世這下確定，健瑠的直播是假的。從那個地方到這裡，包含下山時間不可能只花三個小時左右。但是他是怎麼辦到的……？要在哪裡的攝影棚才能組起那麼龐大的道具？

虛假的影片總有一天會露出馬腳。因為現在也有些人把追查假資訊、揭露謊言當成自己的興趣。這麼一來以後再也無法直播。風險實在太大。

或者他真的去了那處懸崖拍攝，但是在交通方式上有什麼祕密？

不管怎麼樣，祐世都很想知道方法。如果其中藏有機關，他也想嘗試同樣的方法——。

街上已經被奇妙的暮色包圍，祐世心裡燃起對競爭對手的嫉妒之火，此時一張老舊的傳單飛到他的腳邊。

那是一間很奇妙的店。昏暗狹窄的店裡，可以聽到齒輪轉動的聲音。櫃檯對面那個看似店主的年輕男人抬起頭來看著祐世。

「歡迎光臨。您是來買【瞬間移動計時器】的客人吧？」

那人的視線就像能看穿祐世的心一樣，讓他不由得一陣驚慌。

店主身穿有許多道具插在口袋裡的皮製圍裙，脖子上掛著護目鏡，打扮有點奇特。他的長相相當端整，不過卻帶有某種難以捉摸的氣息。

「我還沒有決定要買。畢竟我很難相信真的有這種東西，也可能是唬人的吧？」

祐世揚起下巴，垂眼看著店主。

停在低矮天花板屋梁上的機械鳥壓低姿勢像在威嚇，用那對發出紅光的眼睛低頭注視著祐世。看起來就好像活的一樣，讓人覺得不太舒服。還有那些垂掛的大量玻璃球，到底是什麼玩意兒？因為太美，反而讓人覺得奇怪。

「那你要不要試試看到底是不是唬人的？如果試用過之後你真的想買，我就賣給你。不過如果使用方法錯誤，可是挺危險的。」

祐世心里冒出一股火氣。因為他覺得店主似乎暗自在心裡嘲笑自己的怯懦。雖然說仔細看看店主的表情一直很冷靜，並沒有表現出故意煽動或者輕蔑祐世的樣子。

「聽起來實在太荒唐，很像是騙小孩的東西，我想不買的可能性應該很高啦。」

店主好像牽起半邊嘴角，微微笑了。是那種嘲諷般的笑意。

「要不要買當然是顧客的自由，這就是【瞬間移動計時器】。」

店主放在櫃檯上的，是一個形狀奇妙的手錶。一條粗寬的皮錶帶上，裝著幾個數位顯示的儀表板，另外還有看似電池的東西。

「只要正確輸入時間和位置資訊，也就是經度緯度和海拔高度，在計時器上預約，就能夠瞬間移動到指定地點，還可以指定停留時間。假如將出發地點設定為回歸地點，那麼不管到了哪裡，都可以回到同樣地方。」

「只要使用這個道具就可以去到通常無法前往的地方？啊！這簡直像變魔法一樣嘛。」

祐世帶著挖苦的意味說出這句話，但是店主好像一點也不在意。眼前這個冷靜無比的店主讓祐世越看越火大。他覺得對方一定是故作鎮靜，想要欺騙自己。

「你剛剛說可以試用，那我就試試看吧。」祐世說。

店主問：「有期望的目的地嗎？」一邊拿起【瞬間移動計時器】。

「那就設定在海中央好了。德瑞克海峽如何？最好是世界上最寬的海峽。」

「你會游泳嗎？」店主頭也沒抬地跟他確認。

「很擅長啊。啊，不如來個海中散步好了。如果真的有可能的話。」

店主把設定好的【瞬間移動計時器】交給還在虛張聲勢的祐世。

「請戴在手上。三分鐘之後就會開始啟動。我還是把氧氣面罩給你吧，請記得覆蓋口鼻。」

祐世接過奇妙的黃銅面罩，一邊胡鬧一邊穿戴上。他臉上帶著淺笑，固定好那誇張的皮錶帶後。緊接著計時器立刻發出嗶聲。

下一個瞬間，祐世發現自己真的身在水中。

這難以置信的狀況讓他陷入恐慌，慌亂拍著手腳。

過了片刻他才發現多虧有面罩，可以正常呼吸。

幸好他用力滑了幾下水後，臉終於能探出水面。

眼前的景象讓他瞠目結舌。那是一片綿延到遠方地平線的大海。

祐世正漂浮在強烈太陽光照射下耀眼的藍色海面。

「不會吧……這怎麼可能……救救我……！誰來救救我！」

看不見岸邊也看不見船隻。繼續這樣下去自己一定會累到溺死，恐懼和絕望讓他快要哭出來。

這時手上的計時器又嗶地一響，一回神，祐世已經站在黃昏堂的櫃檯前。他氣喘吁吁地呆呆環視店內。

全身溼答答，水一滴一滴落在腳邊，積起一個小水窪。

「還覺得是唬人的嗎？」

店主看著祐世問道。機械鳥發出類似嘰嘎笑聲的聲音。

祐世的嘴巴開開合合，卻什麼也無法回答。

從頭髮流到臉上的鹽水滲入眼睛。那不是幻覺，都是真實發生的事。

看來自己好像獲得了一個相當厲害的道具。祐世的心臟快速地鼓動。

他依照店主的指示，伸手觸摸放在櫃檯上的玻璃球。

玻璃球裡灰色煙霧形成漩渦，最後開始發出奇幻的光。

幾天後，祐世在社群網站上預告直播，還特定指定挑戰對手表示：「絕對比健瑠的直播刺激」。他來到摩天大樓上，在高樓邊緣倒立，引起觀眾一陣騷動。

幾天後，他在暴風雨中從岌岌可危、隨時可能會斷落的吊橋上直播。

下一次，他深夜裡來到傳說中從來沒人能回來的樹海直播。

祐世這些總是沉著冷靜，甚至還帶著得意笑容從危險地點直播的影片立刻大受好評，正在觀看的觀眾人數也很快就超越了健瑠的紀錄。

觀眾在聊天室裡寫滿了留言，頻道訂閱人數更是日日增長。

祐世對於這個受到萬千觀眾矚目、製作出精采影片的自己感到陶醉不已。

健瑠雖然也不認輸的上傳了許多危險影片，但可能是因為太過心急，忘記刪除一些過分激烈的檔案，因此被觀眾檢舉，帳號遭到網站營運公司停權。

當影片瀏覽次數達到一定程度，祐世就會搶先在被檢舉、被營運公司發現前先下架片影片。

至於怎麼到達拍攝地點，他故意營造出真偽不明的氛圍，有人相信、也有人懷疑，這些人在社群媒體上爭論，炎上之後就會進入趨勢。觀眾為了在影片下架前觀看，瀏覽次數往往在發布數分鐘後就以萬為單位迅速成長。廣告收入也因此而爆發式增加。

祐世太得意了。他越來越大膽，也走向更加激烈的方向。

「只要設定好計時器，就能在發生危險之前回到出發地點，甚至可以從飛機跳下來，在途中移動到安全的地方。我就是個不死之身啊。」

在那之後又過了一陣子，某一天，祐世在街上被一個有點面熟的男人叫住。

「喂，你是祐世吧？知道我是誰吧？」

對方是健瑠。他表情凝重地說：「我以前曾經在這附近看過你，所以一直在找你。我有話要跟你說。」

「我跟你沒什麼好說的。我贏了你。你現在已經是被埋沒在過去的人了。」

祐世傲慢地丟下這句話後就打算離開，但健瑠叫住他。

「我給你一個忠告。畢竟把你的競爭心態刺激到這種程度我也有責任。你是在黃昏堂買到那個【瞬間移動計時器】的吧？」

健瑠看著祐世手腕上那皮製錶帶的計時器說道。

「我也在那間奇妙的店裡買到了一樣的東西。但是東西我已經丟掉了，再也不打算用。那東西很危險。尤其是預約計時器的設定，千萬別碰。」

祐世哼笑了一聲，這種功能自己早就用過了。他已經發現可以事先排好行程，設定好幾個計時器。這麼一來就不用逐一計算，調查座標和海拔，統一輸入來得方便多了。

「我每次都是賭命在直播。跟你這種膽小鬼可不一樣。」

祐世臉不紅氣不喘地說著謊。儘管他知道這一切都是因為【瞬間移動計時器】能保障自己的安全，他才敢做出那些大膽的行為。

「我馬上就要開直播，沒時間跟你說話了。五分鐘之後我會出現在超高層大樓『摩天塔』的頂端，不繫安全繩。」

「不會吧？」健瑠臉色一變：「我勸你還是放棄吧，這是不可能的。」

「不可能？別開玩笑了。我可是危險動畫之王。現在大批觀眾已經已經湧入我的頻道，正在倒數。每次下面的留言都熱鬧極了。」

祐世轉身背向健瑠邁開腳步。最近他只對直播帶來的收入感興趣。他再也不想勞心勞力製作一點也不刺激的影片。只要依照設定好的時間出現在現場，然後再瞬間移動回到原地就行了。他不再像以前一樣會在社群網站上搜索自己的名字，也不會在直播之前去確認聊天室的內容。健瑠追了上來。

「你沒看過那個新聞嗎!?你應該知道設定計時器之後就無法取消吧？我也是因為這樣才吃盡苦頭……所以馬上拆下了計時器！」

「你不要想隨便編這些內容來阻止我。」

「現在還來得及，快拆下來！」健瑠表情認真地用力抓著祐世的手臂。

「住口！我才不會聽你的！」

祐世甩開健瑠的手，狠狠瞪著他。行人紛紛驚訝地回頭看著他們兩人。祐世露出一個高傲的笑容：「掰啦。」繼續往前走。

「你會沒命的！」健瑠在他背後大叫。祐世笑著心想，這傢伙只不過是嫉妒我。

「如果我在這些人面前消失，一定很有意思吧？」

祐世環視行人一圈，從口袋裡取出智慧型手機。他叫出影片分享網站的應用程式，打開自己的頻道，迅速瀏覽了一遍聊天室後祐世停下腳步。上面有相當大量的留言。觀眾一片鼓譟。

「這次是不可能的啦。」他看到好幾條類似的留言。

「就算是祐世也辦不到啊。」

「畢竟他又不可能停在半空中。」

空中？這是什麼意思？

祐世開始覺得不安，搜尋起摩天塔的新聞。

「日本第一高樓摩天塔，依照預定將在明天開始進行部分汰換工程。頂部十公尺將會拆除一星期……」這是昨天的新聞。

這時他終於知道這代表什麼意義，恐懼讓他全身無法動彈。他急忙想拆下計時器的皮錶帶，但是手抖個不停，完全拆不下來。

「可惡……！拿下來……快拿下來……！」

祐世耳中聽到了小小的嗶聲。

設定好的計時器，如同預定啟動，祐世的身影當場消失。

簡易隱身布

接近月底，這對小偷搭檔很心急。

在這間被稱為老巢的破舊公寓房間裡，兩個人面對著面、抱頭苦思。

稍微年長的大哥叫誠治，年輕的小弟叫光太。

「糟了……房東那個老太婆囉嗦得要命，但這個月的房租付不出來呢。」

「那個老太婆真的很煩……」

聽到光太嘆氣，誠治也愁容滿面地說。

「這個月的業績真是糟透了……」

不管是上門搶劫或者電話詐欺，都因為太過掉以輕心而一一失敗。還反過來被被害者教訓了一番要如何注意門戶，或者聽著獨居老人絮絮叨叨地說起往事。

昨天晚上也因為觸動保全系統被屋主發現，放出兇猛的看門狗追趕，好不容易才逃回公寓。

儘管幹過不少壞事，但是這對小偷搭檔幾乎沒有成功過。

所以兩個總是為錢所苦。就像現在，兩人打開薄薄的皮夾放在簡陋桌子上的錢，只有一張千圓鈔票和兩枚十圓硬幣。

「喂，光太。你手上只有二十圓!?」

看到誠治這樣責問，光太也不滿地噘起嘴。

「還不是因為大哥你昨天叫我去買吃的！」

「誰叫你去買一片要八百五十圓那麼奢侈的披薩！」

「那你還一邊吃一邊說好吃，比我多吃了一片。」

「你做事情真的一點計畫性都沒有。所以只能這樣過一天算一天。」

「半斤八兩啦。對了，外面門上貼了這張黃紙。『這個月的房租無論如何都得支付。見面時請做好心理準備』。真嚇人。」

再怎麼樣都得先度過眼前的難關才行。
房東手上有備份鑰匙，也不能假裝不在家逃避。
他們只好前往一間惡人們經常交換資訊的食堂，盤算著如果聽到什麼油水豐厚的工作也去參一腳，可是現在這種不景氣的時代，大家光是要確保自己能拿到的那一份就已經很不容易了。
「大哥，怎麼辦？在食堂花了一千，現在只剩下二十圓了。」
「現在連小學生身上的錢都比我們多一百倍吧。」
「就是啊。為了不用到家裡的水，我去借個廁所喔。」
說著，光太離開了座位，不久後他興奮地回來。手上拿著一本黑皮筆記本。
「不、不得了了，大哥！我找到了一個超厲害的東西！」
這本可能是別人遺失的筆記本，上面記載著相當完美的搶劫計畫。
「看來這應該是某個罪大惡極的傢伙寫下的計畫書吧。」
「不過感覺手法還挺單純的……」

兩個人仔細地閱讀計畫書。確實是滴水不漏的縝密計畫，但是有一個問題。這裡寫的搶劫計畫對象，就是他們昨天晚上入侵失敗的豪宅。

「不可能的啦。對方已經知道我們的長相了，還是放棄吧。再說那家屋主長得就不是什麼善類的樣子。」

「面罩這種東西，就是要用在這時候啊。我們戴上滑雪用的那種全罩面罩吧？」

「不行啦。那隻兇猛的看門狗要怎麼辦？牠可是記得我們的味道呢？」

嗯……誠治交抱雙臂開始思考。確實，這份計畫書的前提是屋主不認識強盜的長相。假如忽視這一點強行闖入，一定會被逮住。

可是立志要「成為知名惡人」離開故鄉的誠治下定了決心，絕不放棄這次機會。不管怎麼樣，都要設法不被發現長相潛入那座宅邸裡。

抱著這樣想法的誠治在黃昏堂裡買到的，是一塊【簡易隱身布】，大小有兩公尺見方。

「我也不是很清楚，好像是用我某一段記憶換來的。」誠治對光太說。

「聽說只要披上這塊看起來像透明塑膠布的隱身布，對方就完全看不見我們。好像也不用完全蓋上，而且連味道都可以消除，就算出動警犬也找不到我們。不過因為是簡易型，只能使用一次。使用前如果弄破就沒有隱身效果了，要小心使用。聽懂了嗎？」

誠治忍不住竊笑，只要有了這個，完全犯罪根本不是問題。

幾天後的深夜。光太問誠治。

「我們真的可以用這塊隱身布吧？」

「當然啊。只要不被發現，一定會成功得手的。啊，糟了，有腳步聲！」

兩人披上【簡易隱身布】，屏住呼吸仔細觀察周圍。

門打開，手電筒照了室內一圈。不過好像沒有注意到他們兩人。

檢查完室內後再次關上門，腳步聲漸漸遠去。

「好，出去了。這麼一來目的就達成了。」誠治放心地吐出一口氣。

兩人藏身的地方是他們的破舊公寓，剛剛檢查完房間後離開的是房東。這間公寓有個不成文的規矩，過了那個月交房租的日子，到下個月交租日之前都不會催款。所以兩個人才躲了起來。

「太好了。不過我一直以為你要把【簡易隱身布】用來執行完全犯罪搶劫計畫，沒想到是用來躲房東啊。」

「完全犯罪搶劫計畫？那是什麼？」誠治蹙起眉。

「啊，果然沒錯。看來你在黃昏堂被拿走的記憶就是這一段吧。就是這個啊。」

光太遞出寫在黑皮筆記本上的完全犯罪計畫書。誠治臉色一變。

「你為什麼不告訴我？隱身布只有一片，竟然就這樣用掉了！」

「因為大哥一直告訴我，『不要對我的計畫有意見！』啊。但是你不用擔心。為了保險起見，我保留了一點點隱身布。」

光太很得意地從口袋裡拿出一塊三十公分寬的隱身布。

「這是【簡易隱身布】。剛剛使用前我用剪刀先剪了一部分下來。只要蓋到身體一點點就可以隱身不是嗎？這樣我們就可以再用一次了。」

「誰叫你剪的！這塊隱身布在使用前弄破就沒有效果了啊！」

被誠治痛罵之後光太這才想起：「啊！對耶！」

「不過剛剛房東並沒有發現我們呢？」

「也對……」

最後他們做出了一個結論。房東其實發現了躲藏的兩人，只是假裝沒看見而已。放在桌上的飯糰就是最好的證據。

「……看起來好好吃啊。盤子上放了兩人份。沒想到她人還挺好的。」

餓著肚子的兩人深夜裡吃著房東送來的飯糰。

裡面包的是房東太太特製的梅乾。光太一邊吃著飯糰一邊說。

「我去找個能付得起房租的正經打工吧。」
一言不發吃完的誠治，對空盤雙手合十。
「我、我們一定會成為知名的惡人……下、下次一定會成功搶劫的！」
「是是是。」光太心裡暗想，大哥還真是嘴硬。

諧音哏成真器

今井風花的外公名叫正男，在一個小鎮上開了很久的理髮店。

理髮店就在小學上學路上，離風花和父母親住的家很近。

大家都說外公的技術很好，但是比起這個，他更出名的是「熱愛諧音哏」。

掛著紅藍條紋旋轉不停的三色柱店門前，有一塊寫了「鳥越理髮店」的招牌，上面畫著一隻開心的小鳥。取的是『鳥悅』的意思。鳥的顏色是正藍色，聽說也是因為發音接近自己的名字「正男」。

風花小時候也很喜歡跟外公一起說諧音哏，但是自從班上男生開始拿外公開玩笑，她就突然覺得很難為情。每當看到小孩子來店裡，外公就會很高興，說出比平時更多的諧音哏想逗孩子們笑。

這天早上，風花一走進三年二班的教室，田中和馬就笑著對她說。

「妳外公真是一天到晚都愛胡說八道耶。」

和馬頂著一頭清爽的髮型，說起風花的外公講過的諧音哏。

「新年去廟裡參拜，發現每扇門都闔上，原來是因為廟裡太多和尚了。」

「一拿起鋤子就出現一桌美食，原來拿的不是鋤子而是廚子！」

「以為要去澳洲玩，結果是要去熬粥。」

「前陣子校長來剪頭髮，從頭到尾笑個不停，原來他現在變成笑長了啊！」

還有「聖誕老人要準備那麼多禮物給小孩，一定得找很多幫手，聖誕要落人……」等等等等。

和馬比手畫腳地告訴同學，大家聽了都咯咯笑個不停。看到就連班上長得最可愛、風花很羨慕的繪梨佳都噗哧笑了出來，風花覺得實在太丟臉，臉都漲紅了。

「外公！你不要每次一見到人就講那些冷笑話啦。」

風花放學回家經過理髮店，拜託正坐在店裡椅子上休息的外公。

但是外公只是笑著說：「這叫幽默啊，風花聽了不是也經常笑嗎？」

「但是我現在覺得很丟臉啊。班上男生都說你是『無厘頭的理髮店』，他們都笑你，說你一天到晚愛胡說八道！」

雖然說其實和馬當時馬上被老師提醒：「這樣說人家不太好喔。」而且用「胡說八道」這麼過分的方式來形容的也不是全班，只有和馬一個人而已。

「是嗎……妳覺得丟臉啊……」

說著，外公臉上有一瞬間露出難過的表情，風花的胸口也一陣揪痛。

她很喜歡從小就一直疼愛自己的外公，放學後到外公家說著彼此想到的諧音哏、一起大笑的時光也很開心。但風花希望這些能存在只有他們兩個人的時候。如果外公不在大家面前說諧音哏，風花也不會被大家嘲笑了。

風花逞強沒跟外公道歉，別過頭去，轉身回家。

她逼自己把外公難過的表情從腦中揮開。

風花的心裡一直有種刺痛的感覺。

風花本來以為，這麼一來外公應該不會再說諧音哏了。

沒想到自己真是太天真了。外公堅信，只要讓取笑風花的同學知道諧音哏的樂趣，就可以解決一切問題。

第二學期的結業典禮結束，風花在放學途中突然停下腳步。

因為她看到鳥越理髮店的玻璃門裡，聚集了好幾個背著書包的男生。其中也有田中和馬，她看了心裡一驚。

外公到底在對他們說什麼？

她從大家身後悄悄推開門偷看，剛好聽到外公得意的聲音。「太好了，大家都來了。今天為了讓你們知道諧音哏的有趣，我準備了一個特別的道具。這是我從『黃昏堂』這間奇妙的雜貨店買來的道具，【諧音哏成真器】。」

外公手上拿著一個金光閃閃，好像桌上型呼叫鈴的東西。就像外面餐廳擺在桌上的那種東西，唯一不一樣的就是這個上面嵌了許多齒輪。

「說完諧音哏後按下這個鈴，這樣就可以把諧音哏變成真的。比方我說『慢慢來的鰻魚』然後按下鈴，沒想到吧，鰻魚就會出現在面前喔。」

「喔～～」和馬他們異口同聲地發出驚嘆，大家互看了一眼，然後賊賊地笑了起來。

「那我要開始說，你們仔細看好了。」外公興致勃勃地說。

「那先來一個……放在鋸子上的橘子！」

外公「叮」地一聲按下鈴，放在收銀台旁的鋸子上就突然出現一顆橘子。風花也忍不住輕嘆了一聲：「哇……」外公學會變魔術了嗎？

「突然跑出一顆橘子耶。你們看到了嗎？」有些男生很驚訝，也有人心存懷疑：「應該一開始就有了吧？」

外公滿臉笑容地看著一個個鼓譟的孩子們，又繼續說。

「再來一個。逆風的蜜蜂。」

一隻蜜蜂發出嗡嗡聲，奮力地逆風飛過眼前。

「再來一次。貓咪是帽迷！」

附近的黑貓不知什麼時候跑進理髮店，頭上頂著一頂帽子。

男生們你推我我推你、小聲地說著：「真是蠢斃了。」咯咯笑了起來。風花實在看不下去大家這樣嘲笑外公，忍不住大聲說道。

「外公！好了啦！你講諧音都講到上癮了吧！」

這時在場所有人都回頭看著風花呆愣了片刻，然後全場爆笑。

外公也笑咪咪地看著風花說：「愛吃筍子的孫子！」拍響了一聲桌鈴。

風花發現自己手裡竟然握著一顆筍子，嚇了一大跳。

男生們指著她大笑，這讓她羞得漲紅了臉。

「妳看，是不是像變魔術一樣？再來一個。關公煮了關東煮……」

「我再也不要跟外公玩了啦！」

風花就這樣衝出去，覺得很丟臉，一邊哭一邊跑回家。她打開家門直接衝上二樓，把自己關在房間裡。眼淚一顆一顆不斷滴落。

傍晚，樓下傳來母親的聲音。

「怎麼了？風花。外公帶關東煮來給妳了喔。妳不是最喜歡吃關東煮了嗎？」

「我不想吃。」

風花揉著哭紅的眼睛，氣鼓鼓地說。她現在不想跟外公說話。

她心想，幸好今天是結業典禮。這麼一來有好一陣子都不用去學校。

寒假期間她一次也沒去外公店裡。不管是聖誕節或新年期間都一樣。

外公的聖誕節禮物和壓歲錢，也都是透過母親給她的。

每年聖誕節外公都會去買蛋糕。外公會買風花最愛的冰淇淋蛋糕。他們還會在除夕夜一起吃年菜，新年那天外公會帶風花去新年參拜。

其實她很想見外公。很想念那個開朗有趣又溫柔的外公。

可是風花還是拉不下臉來。

寒假結束開學時，風花鼓起勇氣從外公理髮店前經過。因為她太想知道外公現在過得怎麼樣了。他精神還好嗎？萬一無精打采、甚至無法工作那該怎麼辦？假如店根本沒開呢？她越想越擔心。

沒想到……明明還沒開店，鳥越理髮店前卻已經有好幾位客人在排隊。

外公一絲不苟地穿著理髮店的白色工作服，很不好意思地向大家道歉：「我一天實在服務不了這麼多客人啊，真是抱歉。」正在發放號碼牌。

號碼牌!?風花很驚訝，不知道究竟發生了什麼事。

有個男孩看到止步不前的風花，怯生生地上前搭話。原來是田中和馬。

「那個……看在我們是同學的分上，我有件事想拜託妳。我媽叫我問妳，能不能給我們一張號碼牌。鳥越理髮店整個寒假都很紅，聽說在這裡剪了頭髮就會變有錢。」

「變有錢？這是怎麼回事？」

這時發現風花的外公開心地對她揮手，走了過來。和馬丟下一句：「那就拜託妳囉，掰！」慌張地往學校走去。外公溫柔地看著風花。

「好久不見啦，風花。最近還好嗎？」

「嗯……不太好。外公你呢？」風花抬頭看著外公的臉。

「不太好。見不到風花，我覺得好寂寞。」

一聽到外公的話，風花的眼淚差點要奪眶而出。眼前一片模糊。

「我也覺得很寂寞。我會再來玩的。對不起啊，之前跟你說了難聽的話。」

「難聽的話？」

「就是……說你胡說八道、讓我很丟臉……」

「我不記得了。妳說過嗎？我怎麼一點印象都沒有。」

外公歪著頭，交抱雙手。看到他好像真的不記得，風花鬆了一口氣。

「那就好。我不是真心那樣想的……對了，理髮店怎麼會變成這樣？」

「喔，妳說這些隊伍嗎？好像是因為【諧音哏成真器】的效果呢。那個道具真的很厲害，也不知道是怎麼設計的，所有的諧音哏都會變成現實呢。」

「真奇妙。田中說，在這裡剪頭髮就會變有錢。」

「我理髮的時候說了某一句諧音哏，然後按了【諧音哏成真器】。當時確實是想替客人打打氣，沒想到還真的有點效果。」

風花偏著頭思考。可以讓人變有錢的諧音哏？「啊！」她輕聲驚呼。

「我知道了！一定是『理髮讓你發』！對吧？」

「沒錯！不愧是風花。」

外公笑著不斷點頭，風花臉上也露出了笑臉。

「外公的諧音哏真的很有趣呢！」

風花跟外公看著彼此，開心地微笑著。

共鳴鍵盤

『熱賣三十萬本，暢銷小說《把遙遠未來的愛獻給昨日的你》終於影像化！主演原田美羽與原作者誠也，心動對談影片公開！』

「啊……這下子跟誠也差距越拉越大了……主演是原田美羽啊……」

越谷透深深嘆了一口氣，彷彿把肺裡的空氣都吐乾一樣，他關掉智慧型手機的電源。都是因為想不出新小說的靈感，百無聊賴刷著手機，才會看到這條一點也不想看到的消息。每次看到高中的文友渡邊誠也走紅的消息，他就覺得難受，最近連社群網站都不想看了。

兩人同樣是文藝社、同樣寫網路小說，也在同樣時期寫書出道。但沒想到短短兩年竟然就有這麼大的差異。

希望以作家身分揚名立萬的透，一邊打工一邊寫出的作品首次出了書，但卻賣得一點也不好，但是上班的同時以寫作為副業的誠也出的第一本書就爆賣。

之後兩人幾乎在同一個時期寫完第二本，透的責編沒再跟他連絡，誠也卻創下了累計五十萬本的暢銷紀錄。

透跟誠也的小說到底是哪裡不同呢？

幾乎沒有人會針對透的小說寫下感想，但是誠也的小說卻可以引來「太有共鳴了！」「看完震撼不已」「忍不住痛哭流涕」「同樣的書我買了三本」等熱烈讚賞。透的社群網站追蹤人數是兩百五十人，誠也的追蹤有十萬人。而且電影主演還是透最喜歡的年輕女演員。

「《把遙遠未來的愛獻給昨日的你》的主題，我很早以前就開始構思了啊。」

他痛苦地想，比起沒寫而後悔，還不如寫了再後悔。說不定會是透的作品一炮而紅啊。……要真是這樣就好了。

這時，一輛選舉宣傳車播放著大音量經過前面的大馬路。車裡傳來透不久前還在打工的競選辦公室雇主，政治家烏會圖一太郎的聲音，讓他心情更糟。

烏會圖是個令人難以置信的黑心政治家。他輕浮隨便的舉止跟對外標榜的誠實和公平形象落差極大，根本是個叫人難以忍受的說謊精。

透打工的工作內容是負責撰寫選舉演講的草稿——也就是整理出烏會圖根本不會實行的美好政策，他實在受不了這種荒謬的工作，便辭職了。

透走在黃昏街頭，想外出散步轉換心情。

透在偶然發現的黃昏堂裡，拿到了【共鳴鍵盤】。

用這個上面裝了喇叭型復古擴音器（？）和齒輪的鍵盤寫出的文章，可以引發所有閱讀到文章讀者的共鳴，讓人流下感動熱淚。

「但是能夠帶來的感動，每人只能感受一次。」那個帥哥店主這麼告訴透。

透心想，只要能帶給讀者一次感動，就已經很不得了了啊。

「那該寫什麼好呢！看來還是寫上次公募落選的那篇作品吧？」

透開始尋找當時印出來保存的得意之作。由於之前發生電腦檔案損毀的意外，他的這篇得意之作現在只剩下當時列印出的紙本。

可是再怎麼找都找不到當時的原稿，甚至連內容都想不起來。

「該不會那帥哥店主拿走的記憶就是這個吧？那可就糟了……」

透沮喪了半晌，但馬上轉念。

「不對，只要用這個【共鳴鍵盤】，就算不是我的得意之作又有什麼關係。反正讀者一定會感動的。只要趁著我靠這個作品晉升人氣作家的期間找到那篇作品就行了。」

於是透開始用【共鳴鍵盤】打出其他作品。那是他第二滿意的作品。

標題是《我們的愛猶如月色低垂》。在網上公開時吸引了一些忠實粉絲。透一直覺得當時沒有入選純粹是自己運氣不好。

花了一整天時間打完稿子。他神清氣爽地關上【共鳴鍵盤】。

「到李花的咖啡廳去讀稿子吧。」

透來到大學時代的學姊李花開的舒適咖啡廳，「跟平時一樣的咖啡。」坐在吧檯座位。他重新看了一遍才剛剛打完的稿子。

透認真地看著自己的小說。真是精采動人。

他沒注意到熱燙的咖啡、不小心燙了嘴，也沒注意到咖啡已經放涼。花了整整兩個小時讀完時，透的臉頰上已經爬滿瀑布般感動的淚水。

李花甚至擔心地問：「怎麼了？越谷，你看起來情緒不太穩定呢。」

「我看到了世紀的傑作……！我眼前看到的只有這本書暢銷的未來。」

強烈感動的透開始對李花說起這篇作品的精采之處。

因為太過亢奮，他把自己的稿子放在咖啡廳忘了帶回去，當天晚上，他沉浸在作品的餘韻當中，淚溼枕巾。他幾乎要被自己的天分嚇壞了。

隔天，透是被智慧型手機的鈴聲叫醒的。李花捎來了令人驚訝的消息。一聽到內容，透忍不住大叫。

「什麼！在那之後有間大出版社的編輯碰巧坐在我坐過的位子上，讀了幾行我忘記帶走的原稿，結果沉迷得一直讀到最後？他還亢奮地說這一定會成為暢銷大作，要李花務必要連絡上作者？」

透開心地跳起舞來，小心地不發出聲響吵到樓下。

但是相約在咖啡廳見面時，那位編輯在透的面前卻臉色凝重。

「很抱歉，我又看了一次稿子，發現文章很不成熟，內容結構鬆散。看來是不可能出書的。」

「你真的仔細讀過了嗎？要是放棄這本小說你一定會後悔的！」

他很想這麼說，但還是忍住了，透將原稿帶回家。

「為什麼他就是不懂這部傑作的價值！」

他憤怒地低頭看著自己的稿子。

看了第一行。又看了第一行。再看了一次第一行……

「不行……開頭第一句太沒有吸引力，根本不想再往下看……」

他勉強自己看完，發現內容出奇地枯燥乏味，同時也覺得很難為情。

「那位編輯竟然能看完這部小說。真佩服他。換成是我一定辦不到。」

隔天，透到李花的咖啡廳，坐在吧檯座位說起黃昏堂跟【共鳴鍵盤】的事，然後嘆了一口氣。

「即使是那麼不成熟的小說，只要用那鍵盤打出來，就可以帶給人一次強烈的感動。我這次深切地體會到。靠欺騙讀者帶來的感動，只會帶來空虛而已。」

「我就很喜歡你寫的故事啊。」李花安慰他。

「李花，妳從來沒讀過我的小說吧。」透笑著說。

「讀過啊。你不是把你的最棒的傑作寄放在我這裡嗎。你說那是很重要的作品，拜託我放在保險箱裡。」

「啊？是嗎？我完全不記得了……」

透讀了李花從保險箱裡拿出的「最棒的傑作」。因為他完全不記得內容，所以第一次可以用完全空白的心情來閱讀自己的稿子。

透把剛看完的這疊稿子放在吧檯上，對李花說。

「我現在很清楚剛剛看完了這篇小說的缺點在哪裡。我的羨慕和焦躁心情，都出現在作品裡。誠也的每一篇作品都非常自在。我一心以為這是最棒的傑作，那麼地執著，現在想想真是難為情。不過讀著讀著，我腦子裡又有了靈感，這次我會用更真摯的心情來寫寫看。」

「太好了！我很期待喔，寫好了可以讓我看看嗎？」

「那當然！我現在甚至想跟黃昏堂的店主道謝呢。」

當透正說著這些話時，一個男人堆起滿臉討好的笑容上前搭話。男人身穿鑲著螢光邊條的醒目選舉外套，原來是鳥會圖一太郎。

「我剛剛不小心聽到你說的話了，我想買下你說的那個不可思議的鍵盤。咦？你是不是待過我的事務所？還是我記錯了？我想請你用那個鍵盤來寫我選舉演講的稿子，這樣一來一定可以牢牢抓住選民的心！」

透認真地盯著鳥會圖。這個人心裡只想著在選舉時爭取到僅僅一次虛假的支持，只要能夠當選就好。李花很受不了，在一旁搖頭。

「我拒絕。虛假的感動一點必要都沒有。」

透果斷地這麼說，當場敲碎了【共鳴鍵盤】。

鋼琴家手套

花音腦中突然一片空白。

呼吸紊亂，兩手指尖微微顫抖。

每天彈好幾個小時的鋼琴鍵盤，現在看起來像是奇妙的黑白圖案。

我現在在彈什麼？

恐懼讓花音視線迅速掃過放在譜架上的樂譜。

怎麼辦、怎麼辦。這首是什麼曲子……

「怎麼了？花音。身體不舒服嗎？」

身後傳來母親的聲音，她心臟頓時噗通一跳。心跳得快到讓她很難受。

「……沒事的，不要緊的。」

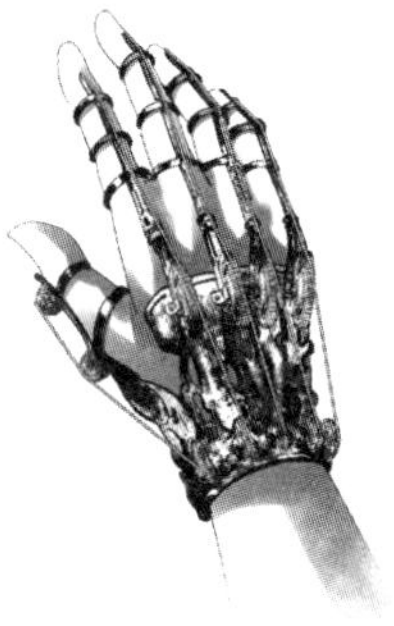

她竭力抑制聲音裡的顫抖。

花音終於想起來，這份樂譜是蕭邦的《波蘭舞曲》。

她閉上眼睛調整呼吸，手再次放上鍵盤。指尖像冰塊一樣冰冷。

面對三天後即將舉辦的鋼琴獨奏會，花音快被這沉重的壓力壓垮。這是一場在一流飯店邀請特別觀眾參加的生日獨奏會。

當天還會有電視節目進來拍攝。

母親為了這一天還替她新準備了灰藍色的禮服。

這件禮服有著輕飄飄的蕾絲和緞面緞帶，搭配同款的髮帶。

母親說，這種設計很適合迎接十二歲生日的花音的長相跟膚色。

花音從小就被媒體譽為天才鋼琴家。

她在國際鋼琴大賽上獲勝，每次舉辦獨奏會門票都會瞬間售罄。

這都要歸功於最早發現花音天分的母親，對她進行的英才教育。

可是最近她總是無法自由地彈琴，甚至害怕觸碰鋼琴。

花音知道母親為自己付出了一切。她跟父親分居，跟花音一起搬到富裕的外公外婆家，只因為父親反對、覺得不用這樣逼孩子彈琴。這一切的一切都是為了花音。

要是辜負了母親的期待該怎麼辦？她幾乎要被這種不安給擊垮。

上次的獨奏會她也曾經彈到一半腦中一片空白。

直到回想起樂譜內容為止，簡直生不如死。

好可怕……好可怕……誰來救救我……

花音一邊彈琴、一邊發出無聲的哀鳴。

這天傍晚，花音實在無法跟平時一樣推開鋼琴教室的大門。為了逃避壓力，她走進籠罩暮色的街頭。

她在一間不可思議的店裡拿到了一副【鋼琴家手套】。

那副黃銅製手套看起來像手骨一樣，又可怕、又美麗。戴上之後用雙手撫過樂譜，立刻可以記住曲子，不管多難的曲都可以一音不漏地完全依照樂譜彈出來。

「這副手套一戴上去立刻就會隱形。但是如果演奏者想彈奏跟手套所記錄的樂譜不同的曲子，就會產生異常，還請格外小心。手套拿下之後就可以看到了。」

黃昏堂的店主是這麼說的。

那個男人有一對彷彿可以看到花音內心世界的眼睛。

獨奏會當天。休息室有花音的母親、鋼琴教師，還有花音以藝人身分隸屬的經紀公司經紀人。

看到一臉鐵青的花音，他們皺著眉頭在一旁擔心地窸窸窣窣交談。

花音穿上灰藍色禮服坐在椅子上，全身僵硬，母親將手放在她肩上，開始輕聲說出一段魔法般的句子。這是從小就像緊箍咒般束縛著花音的咒語。

「花音是媽媽的驕傲。花音是全世界最重要的寶貝。不要緊，因為妳是最厲害的天才。」

獨奏會含中場休息，總共要演奏五首曲子。

母親挑選的都是連大人也覺得困難的蕭邦作品。

受不了緊張的氣氛，她起身離席。

花音在空無一人的走廊上戴上了【鋼琴家手套】。她眼睜睜地看著包覆自己纖細手指的黃銅指骨漸漸變得透明。

她並沒有懷疑過那位奇妙店主說的話。

最近她總是覺得自己好像走在一片濃霧當中，腦子裡昏昏沉沉，身體也很沉重。

花音雙手摸著從休息室拿出來的樂譜。

這麼一來就可以記下所有曲子，自動彈奏了。

不要緊，不會失敗的。花音這麼告訴自己。

轉眼間，獨奏會即將開始。

她想不起自己以前是怎麼走到鋼琴前的。

可是花音的雙手、她的十指卻完美地彈出這首曲子。

她可以感受到觀眾都在屏息靜聽。

母親，還有其他大人應該都很滿意吧。

花音覺得自己背後好像有一個大大的旋鈕。就像之前不知道在哪裡看過的機器人偶一樣，母親會慢慢地上緊發條，花音則不斷地彈奏鋼琴。

我為什麼會開始彈鋼琴呢？花音開始追溯起模糊的記憶。

第一次觸碰鋼琴鍵盤是什麼時候？是什麼時候自己用一根手指頭敲著鍵盤，開心地大笑？

成功地彈完一首靠耳朵記得的曲子時，心裡滿是喜悅。

記得那是一首波蘭民謠，讓人忍不住雀躍的華爾茲。

那是母親喜歡的曲子。一看到母親開心的笑臉，自己就會更高興。

父親也在身邊。他在笑。那是一段很幸福的時間。鋼琴曾經是自己最愛的朋友。

贏得那場比賽之後，一切都變了。

……比賽……？

花音皺起眉。那到底是一場什麼樣的比賽？

記憶缺了一塊，她怎麼也想不起來。

可是這樣也好。她的身體和心裡，都覺得輕鬆了不少。

不知不覺中，花音的手指彈起令人懷念的華爾茲。

忘記了喧囂，忘記了旁人的聲音，忘記了重要的觀眾，也忘記了攝影機。

一首簡單又溫柔的曲子。

花音彈奏著充滿笑臉和喜悅、令人懷念的曲子——。

這時，鋼琴的聲音突然停下來。

她的雙手就像是被綁著一樣，動彈不得。

花音驚訝地低頭看著自己的手。

她想起這是因為她打算彈奏手套沒有記錄的曲子，不過現在也束手無策。

「匡啷」一聲，聽到金屬零件鬆動的聲音，包覆花音雙手的黃銅骨架出現。

【鋼琴家手套】發出大大的聲響鬆脫，掉在地上彈了幾下。

會場一片寂靜。她知道大家都倒吸了一口氣。

黃銅製的手骨指尖在花音腳邊激烈地動著，敲擊著地板。

就像是一雙被斬斷的鋼琴家的手。

花音心想，這簡直就是自己的手。跟自己的意志無關，依照樂譜敲打鍵盤的手指。看著這詭異的手套，花音模糊的腦中漸漸像濃霧散去一樣，變得鮮明清晰。

我不想像這樣彈鋼琴。

她對沉默的觀眾低下頭，就這樣離開了會場。

花音筆直望著慌亂追上前來的母親，對她說道。

「我不是天才，我只是喜歡彈鋼琴而已。媽媽其實也發現了吧？」

母親頓時無語。花音覺得自己背後那個大旋鈕似乎鬆脫了。

充滿空氣乾燥的胸口，感覺血液再次回到自己身體裡奔流。

她很愛母親，但是她再也不想當一個機器人偶。

「我想用自己喜歡的方式彈我喜歡的曲子。我想再跟鋼琴成為朋友。」

花音不斷在心裡重複著自己的話。

……我想再一次跟鋼琴成為朋友——。

運之月

「要在這個社會上生存還真是不容易呢。工作得這麼辛苦，怎麼還是沒辦法輕鬆過日子。」

盛夏的午後，光太坐在建材上嘆著氣。

誠治頭上戴著滿是灰塵的安全帽，盯著正在排列沉重鐵管的光太看。

「休息時間還沒到，被發現你在摸魚會被炒魷魚的。」

「還有三分鐘啊。大哥，沒想到你還挺認真的呢。」

誠治和光太洗心革面不再偷盜，認真尋找正經工作，好不容易剛找到這份日薪的打工工作。但是為了支付生活費和償還債務，他們手頭很緊，一樣繳不出房租。每天都過著被房東太太追在身後的日子。

一早就開始工作，終於來到午休時間，他們打開便當。誠治用掛在脖子上的毛巾擦乾汗水時，聽到一條新聞從收音機裡傳出來。

『富有的企業家有福先生賽馬押中了四千倍的大黑馬……』

「四千倍會變成多少啊？」光太正把白飯送進嘴裡。

「一萬圓會變成四千萬。如果買了十萬圓的馬券，就是四億圓。」

「四……！」光太忍不住將嘴裡的米粒噴出來。

「為什麼錢總是往有錢人身上聚集，就是不過來我們這裡呢？」

「那些幸福的人一出生下來的瞬間就帶著好運氣，可以一輩子過得精采有趣。運氣不好的我們就注定一輩子黯淡無光吧。」

「運氣嗎……真希望我也能獲得好運氣。」光太想了一會兒，用力一拍手。

「收工之後我去找找黃昏堂！」

而光太真的找到了黃昏堂。

「我運氣不太好，想要找找運氣，所以想來這裡找找看。」

光太好奇地環視這個滿是齒輪的店內。

「之前我大哥發現了你們這間店，買了一個叫【簡易隱身布】的東西，但是那時候他完全犯罪計畫的記憶被拿走，所以沒能順利偷到東西。現在沒辦法，只能開始找正經工作，可是每天身體都好難受。如果可以我希望可以獲得一切運氣，我想過得更輕鬆，一輩子活得精采有趣。」

站在棲木上的黃銅鳥無奈地搖搖頭，做出嘆氣般的動作。

店主聽完光太的話後說道：「原來如此。」

「會到我們這間店的顧客，多半都是收到特別的傳單介紹而來。但是偶爾也會有像您這樣靠自己找來的。」

「這表示我運氣很好嗎？但是我一點都不這麼覺得。」

「我不確定這到底是好的運氣還是不好的運氣，但看樣子確實有某一方的運氣特別強。」

店主將一個掛著白色流蘇的黃銅圓球放在收銀桌上。那顆看起來就像小小滿月的圓球，雖然是金屬，卻散發著月光般清朗美麗的光芒。

「這個鈴名叫【運之月】。抓住流蘇搖一下，就可以招來一點小小的好運。一個人一天只能用一次，不過使用天數並沒有限制。」

「喔！真的可以給我嗎！這太簡單了。我這個人腦子不好，太難的事我也不會。」

黃銅鳥鼓起翅膀拍打，發出叫聲表示不滿。但是店主只是瞥了鳥一眼，輕輕點了點頭像在安撫牠，就再次將視線拉回光太身上。

「相信您已經知道了，這間店的商品需要用記憶來支付。」

【運之月】旁邊放了一顆小小的透明玻璃球。

「將手放在這顆玻璃球上，您的記憶就會被收入球裡，完成支付手續。這次特別優惠，只收取一天的記憶。至於要收取哪一段記憶，就由我來選擇。」

「喔？這樣就夠了嗎？」光太搔著頭對店主說。

「你可以再多拿一點啊。大概拿走三年左右都沒關係。」
「……為什麼？」
店主微微蹙眉，再次仔細凝視著光太。
「該怎麼說呢……有很多我不太想記住的事。我從小就一直沒有一個屬於我的地方，日子過得蠻辛苦的。如果可以把那些痛苦難過的記憶乾脆都拿走，感覺好像滿不錯呢。」
說著，光太還「嘿嘿」地尷尬笑了兩聲。
「其實都無所謂啦。反正我現在過得還挺幸福的，身邊還有大哥在。」
沉默了一陣子後。店主在微弱的機械響聲中靜靜開口。
「現在對你來說沉重的記憶，未來也有可能成為你的養分。」
店主再次強調，商品的費用為一天份的記憶，將玻璃球遞給光太。
「咦？大哥，你在這裡做什麼？晚上出來散步嗎？」

回公寓的路上發現誠治在街上到處晃，光太叫住他。
「我在找你啦！都幾點了，老是叫人操心！」誠治生氣地罵他。
「對不起啦。不過我真的拿到了喔！可以實現願望的厲害道具。」
光太讓誠治看了自己小心翼翼抱在胸前的【運之月】。誠治訝異地瞪大了眼睛。
「你找到黃昏堂了!?撿到傳單了嗎？被拿走記憶了嗎？」
「我自己找到的，記憶也被拿走了。他好像拿走了我最痛苦那段日子的一天記憶。我也不太清楚，不過現在覺得心裡很輕鬆。」
「這樣啊……」誠治一邊小心觀察著光太。
「大哥，你臉色怎麼這麼難看。先別管這個了，先來好好計畫一下，等我們有錢之後要怎麼過著精采有趣的生活。」
光太告訴誠治從黃昏堂店主那裡聽來的話，誠治表情變得嚴肅，開始認真思考。「這樣嗎？好，那我們帶著這個東西去買好幾次彩券。只要連續獲得好運，不斷中些小獎，就可以聚沙成塔，慢慢變成有錢人了。」

「有道理！不愧是大哥！」

兩人興奮地聊起有錢之後想做什麼、想買什麼，走著走著，看到一個大約國中年紀的少女站在一棟複合式大樓前，兩人互看了彼此一眼。

他們認識這個正在凝視著招牌的少女，也知道那塊招牌屬於一個風評很糟的高利貸。別說小孩子了，連大人進了這種店都得格外小心。

少女表情凝重地嘆了口氣，拖著沉重的腳步開始走在黑暗的街上。

「那孩子是大森家的孫女吧？我記得好像叫小夢？怎麼了嗎？為什麼一直盯著那間店的招牌看？該不會是缺錢吧？」

光太看著纖瘦少女孤單的背影這麼說。誠治也蹙起眉頭。

「感覺好像有什麼內情。說不定大森爺爺家出了什麼事。」

腳步沉重的少女終於停下腳步，雙手摀著臉在路邊哭了起來。儘管擔心自己的樣子會嚇到對方，但是猶豫了半晌兩人還是出於擔心，開口跟少女搭話。

「啊，是誠治哥跟光太哥啊。」少女還記得兩人，抬起滿是淚痕的臉。

「其實我爺爺病倒了，他已經在家躺了兩個月。」

「什麼!?怎麼會這樣呢？」

誠治一問之下，這個名叫小夢的少女才紅著眼睛開口娓娓道來。

小夢家是代代相傳的神社，要是沒有客人上門就沒有收入。可是這塊地確定要重新開發後，為了取得土地，壞人不斷上門騷擾，現在可以說門可羅雀，收入也受到了影響。

終於日子困窘到連維持日常生活都出了問題，繼續這樣下去祖先代代傳下來的家業、房子還有土地，都不得不放棄。跟小夢兩個人一起生活的祖父擔心到飯都吃不下，最近終於病倒。

聽了之後兩人心想，自己或許能幫上小夢跟她祖父的忙。但這就表示他們得放棄好不容易拿到的【運之月】。

「我覺得無所謂。大哥你覺得呢？」

「我也無所謂。就算沒有好運，感覺也跟之前沒什麼兩樣啊。」

光太把【運之月】交給小夢，對她說。

「我剛好有個好東西，這個送妳，當作給妳爺爺的慰問禮品。只要把這個跟妳家那個大鈴鐺掛在一起就可以了。你們的運氣一定會變好，打起精神來吧！」

小夢驚訝地聽著使用說明，不斷對他們兩人低頭致謝。

又過了三個月。誠治和光太在工地休息，坐在防水墊上吃便當，聽到別人的收音機傳出的新聞報導。

「社群網站上的熱門話題！大受歡迎的小神社！陸續聽聞只要去參拜，就一定能獲得好運氣的說法。週末假日甚至還大排長龍……』

兩人腦中浮現出身穿紅白巫女裝扮的小夢，和神主爺爺的身影。

還有隨著參拜客拉響的神社神鈴一起散發出銀色光芒的【運之月】搖晃的光景。

「一定又要被房東那個老太婆罵我們沒付房租了。要是被趕出去，就跟之前一樣去睡在神社的屋簷下吧……」光太嘆了口氣，但表情卻未見陰霾。

「大森神社的神主爺爺人很好呢。」誠治瞇起眼，像在懷想往事。

「哎呀，休息時間結束了。趕快開始下午的工作吧。」

光太伸個了大大的懶腰，誠治也喊了聲「好！」跟著站了起來。

寶位磁鐵

氣喘吁吁終於回到家的義男，看著放在玄關裡的狗飼料盆心裡相當慌亂。那個用了很久的陶碗裡放著一動都沒動過的狗食。旁邊的水盆也還放著滿滿一盆乾淨的水。

小陸果然沒有回來。

本來帶著一絲希望，期待小陸會不會是先回家了，但是這最後的希望也斷絕了。他一直擔心的事終於發生了。

他雙腳無力、搖搖晃晃站都站不住，單手扶在鞋櫃上支撐著身體。

心臟像痙攣般抽痛，呼吸越來越紊亂。

「……對不起啊，小陸……都怪我不小心……」

今天早上義男跟平時一樣帶愛犬小陸出去散步。自從把五歲的小陸帶回家裡來已經過了十二年，這是他每天不變的例行公事。

八十四歲的老人跟十七歲老狗的散步。

走在跟平時一樣的路上，一時興起，想改走一條跟平時不一樣的路。

最近經常忘東忘西，好不容易才能維持日常生活，為什麼現在才想到挑戰新的散步路徑呢？果然，小陸就在這條散步路徑上走丟了。

義男在這條路上來來回回很多趟，叫著小陸的名字拚命地找，但還是沒找到。他可以清楚記得小陸用晶亮的黑色右眼抬頭看著自己，悠悠搖著尾巴的身影。也記得好像把牽繩繫在某個地方。但是究竟是哪裡呢？

小陸是一隻不會叫，既溫和又老實的狗。以前曾經有一次不小心把牠關在倉庫裡沒發現，當時牠也只是靜靜趴著，等待義男把牠救出來。

小陸現在是不是依然靜靜在等待著義男？因為牠相信義男。

小陸在的地方有沒有遮蔭？

外面現在漸漸熱了起來。要是沒水喝，丟在這酷熱的天候下，年老體力又不好的小陸可能會死掉吧。他實在太擔心，整個人都坐立不安。

「小陸……我一定會找到你，把你帶回家的。」

他挪動著顫抖的腳，走到玄關外。

剛好有一輛白色小轎車靠在家門前的路邊。

印有「涼風照護中心」字樣的車窗慢慢放下，將長髮束起的年輕女性露出笑臉。

這是來幫忙獨居義男做家事的照護人員淺井惠美。

「早啊！村山先生。要出去散步嗎？」

「啊……不是……我……」

看到義男吞吞吐吐，惠美立刻下了車。

「怎麼了？村山先生，你臉色很不好呢。晚上沒睡好嗎？」

總是活潑開朗、做事俐落的惠美擔心地看著義男。

「今天氣溫很高，記得多喝水，在家裡休息一下吧。」

惠美很細心地照顧上了年紀又有心臟病的義男。她說看到義男就會想起自己過世的祖父，可是她的親切對現在的義男來說卻成了一種壓力。

義男很著急。他很想馬上動身去找小陸，可是他不好意思承認小陸是在散步途中走丟的。老人難免有輕微的健忘，但是他不願意被別人發現，自己的行為好比被橡皮擦擦掉一樣，完全想不起來。萬一被判斷失智症狀惡化，以後自己的事可能無法由自己來決定。

高齡的義男曾經被強烈建議住進長照設施。「有間設施風評很不錯。我認識那裡的工作人員，大家都很有愛心、很溫暖。萬一有什麼狀況也可以馬上處理……」

義男拒絕入住設施的建議，「現在我還可以自己一個人生活，也可以照顧好自己，雖然走不了太快，每天也還能出門散步。」

他不想離開這個跟三年前過世的妻子兩個人長久生活的房子。

可是最重要的原因，是因為現在已經成為他唯一家人的愛犬小陸。

要是義男入住設施，那小陸該怎麼辦？

有人會想收養一隻身體已經很衰弱，只剩下一隻眼睛的老狗嗎？

混種的小陸受到之前的飼主殘忍對待，左眼已經看不見了。一直到五歲為止牠都在惡劣的環境下生活。而且飼主把小陸鎖在狗屋裡就搬家走了。當牠餓到趴在地上時，被偶然發現的義男救出來。

在動物醫院接受治療的期間，小陸全身微微顫抖，可是依然一點聲音都沒有發出來。彷彿只是靜靜接受殘酷的命運，低垂著頭。

義男用自己的外套裹起小陸，把牠抱回家。

妻子咲江看到義男突然帶著一隻狗回來覺得很驚訝，但是一聽到小陸的故事就流著眼淚說：「謝謝你帶這孩子來我們家。」準備了飼料、水，還有溫暖的床鋪，每天對牠說話，耐心地等待小陸冰冷的心融化。

小陸終於對兩人敞開心扉，開始信賴他們。小陸恢復健康，一天比一天變得開朗。即使是隻狗，還是可以看出牠流露出感到幸福的表情。

替這隻會閉上單邊眼睛笑的白黑相間小狗取名為「小陸」的是咲江。

咲江向他坦白，如果兩人之間有孩子，本來想給孩子取這個名字。

對於終究沒能生下孩子的這對老夫婦而言，小陸就是他們無可取代的寶貴家人。兩人對小陸灌注了滿滿的愛，就像對待自己的孩子一樣。

小陸只會待在第一次在義男家過夜的玄關，堅決不進去。白天牠會趴在玄關前的寬廣屋簷下，望著經過的人、鳥。如果有客人來訪，牠會慎重地迎接。就好像守護著義男和咲江。

小陸給這對過著幸福小日子的兩人，帶來了療癒跟生命的意義。

咲江一直到生命最後的瞬間，都還記掛著義男和小陸。她說過好多次，希望可以再次跟大家一起生活，但卻就這樣在醫院的病榻上撒手人寰。

年老的小陸可能日子也不長了。

在親手送走愛犬之前，義男絕對不想離開這個家。

「我今天剛好把狗寄放在朋友那邊……」

惠美有一瞬間擔心地看著義男，但她馬上接著說。

「……這樣啊。我泡了涼茶，喝點茶休息一下吧。我整理一下舊報紙拿去垃圾場。今天做完這些我就先回公司，如果身體哪裡不舒服，一定要馬上跟我連絡喔。」

「舊報紙我已經整理好放在這裡了，真是謝謝妳每次都這樣幫忙。」

義男慎重地道了謝，指著用細繩子綁好的成捆舊報紙。

雖然對惠美很抱歉，但是他現在心裡只希望惠美能早點回去。

確認惠美的車彎過轉角後，義男準備好水壺和水盆，飼料和零食，出門尋找小陸。以防萬一，他把保險證、照護手冊和皮夾也帶在身上。

他把東西放進後背包背著，防止跌倒，也拿了拐杖。他打算再次前往每天早上散步的路，還有自己可能會帶小陸去的地方尋找。

光是盛夏的強烈陽光就足以讓體力衰弱的義男更加虛弱。即使因為頭暈目眩不得不坐在長凳上休息，他還是沒有放棄、持續尋找小陸。

太陽漸漸西下。筋疲力盡的他漸漸不知道自己身在何處。

義男這才發現，一張老舊的傳單飛到自己腳邊。

「這是【寶位磁鐵】。」

俊美的青年店主放在義男眼前的，是一個嵌了齒輪的黃銅小盒子。打開盒蓋，裡面有個像方位磁鐵一樣的東西。

「【寶位磁鐵】有幾種輸入資訊的方法，最簡單的一種就是把圖片放置在盒蓋的插入口上。您身上有帶想找的東西的圖片嗎？」

「有，在這裡……」

義男從後背包裡拿出裝在透明盒裡的保險證，給店主看了夾在裡面的小陸照片。店主點點頭，問：「這就是您的寶物對嗎？」

「對，是我無可取代的寶物。」

說著，義男凝神望著小陸的照片。閉著一隻眼睛，表情好像在笑的小陸。

「寶位磁鐵的指針，會顯示擁有磁鐵的人心中獨一無二的寶物方向。代價是你的記憶。我會挑選一些你的記憶，作為支付的費用。」

義男心想，這個人說話還真奇怪。他開始擔心，現實中真的可能有這種事嗎？可是他實在不覺得眼前這個並未避開視線的青年會欺騙年老的義男。

「我已經有心理準備，只要能找到我的愛犬，任何記憶我都願意交出來。反正我已經忘了很多事。如果這些破爛的記憶能派得上用場，你就儘管用吧。」

店主盯著義男想了想，然後說道。

「很遺憾，脆弱殘破的記憶並不值錢。但是您會找到這間店也是一種緣分。這商品的費用就讓您欠著吧。總有一天時候到了，我身邊這隻鳥會去回收你的記憶。」

停在店主肩上的黃銅鳥微微動了一下。

「時候到了……也就是我離開這個世界的時候吧？」

「任何人都會遇到這種時候。不是有人說，人生最後的時刻會回想起人生當中的許多片段嗎？也就是所謂的人生走馬燈。因為各種理由變得脆弱殘破的記憶在那個瞬間也會鮮明重現。」

店主將【寶位磁鐵】放在櫃檯上說。

「請拿去吧。您現在看起來好像很累，給您一顆可以暫時恢復體力的糖。至少接下來這幾個小時，活動身體應該會感覺輕鬆一點。大概也不會需要拐杖吧。」

他將一個小小心臟型的罐子放在【寶位磁鐵】旁邊，給義男忠告。

「只有一件事需要小心。這個【寶位磁鐵】的指針所顯示的目標就是終點，不能再繼續往下走。再往前走就不是磁鐵所能指引的地方，會走不回來。這樣行嗎？」

義男並沒有深思黃昏堂是一間什麼樣的店，為什麼一走出店門那間店就立刻消失得無影無蹤。因為在他漫長的人生中，已經見過幾樁不可思議的事。

比方說咲江過世後不久，他在家裡還是可以感覺到她的存在。

這種時候會看到本來不該動的東西動了，或者發出明顯的聲響。

義男覺得這應該因為咲江的靈魂還對這個世界的生活依依不捨的關係。

所以現在走在黃昏街頭的義男看著手中的寶位磁鐵發出微弱光芒，箭頭指針指向前方，他也絲毫不覺得奇怪。那個青年賣給自己的【寶位磁鐵】一定可以將自己帶到小陸身邊。

心形容器裡只放了一顆紅色的糖果，確實讓義男恢復了體力。他不依靠拐杖就能行走。不知不覺中，義男已經走到街區外。

「走到死路了啊……」

眼前是不久前剛開幕的大型商業設施，指針指向那棟建築的牆壁。那位店主說過，不能再繼續踏入，但小陸如果真的在這堵牆壁的後方，那麼不管那是什麼地方，義男當然都必須去救牠。

他閉上眼睛，依照指針的指示，篤定地往牆壁那邊跨出一步。
「咦……？這是……這是怎麼回事。」
睜開眼睛的義男看到眼前的景色相當驚訝。
那是一片又寬廣又陰暗的空地，完全不見大型商業設施的蹤影。
明明沒有風，茂密的草叢卻微微搖曳。
義男望著空地前方，終於理解這裡是什麼地方。
這是一條河。開始被黑暗包圍的河畔前方，是一條黑色的河川。
這是這棟設施興建之前的景色。他順著指針的指示繼續往前走。
有個看似高中生的年輕人坐在徐緩下降的堤防邊。他穿著好像是制服的白襯衫，背影隱約浮現在陰暗的景色中。
【寶位磁鐵】的指針筆直地指向那年輕人。
義男心裡一邊疑惑，一邊對著那背影喊。
「請問……你有沒有看到一隻狗？一隻白色的狗，腳跟頭是黑色的。有一邊眼睛……」

這時那年輕人站起來，驚訝地轉過頭說道。

「你來找我嗎……？」

有著黑眼睛的年輕人閉著左眼。那樣子看起來就像是——。

「我是小陸，一個月前離開了你身邊。」

啊，沒錯……就像大霧散去一樣，義男想起了當時的事。

大約一個月之前，小陸宛如睡去一般，死在平時睡的窩裡。

因為小陸已經不在這個世界上，所以飼料和水都沒有減少。

可是也不知道為什麼，在義男混亂的腦中還是一心覺得每天都得換飼料和水，整理好睡床的棉被、一起去散步。

可能是因為事實太過殘酷，為了拯救自己的心，他才刻意對事實視而不見。

應該是在小陸死了之後，惠美才開始強烈建議他入住長照設施。惠美可能以為，義男準備飼料跟水是一份對去世愛犬的想念。

今天早上他說把狗寄放在朋友家時，惠美露出擔心的神情看著義男，也是出於這個原因。

「我差一點就要到這條河的對岸去了。」年輕人平靜地說。

所以這年輕人是愛犬的靈魂嗎？義男凝視著眼前這個自稱是小陸的年輕人。

小陸去世的時候確實是十七歲。換算成人類的壽命會是這個年齡嗎？

表現靈魂的姿態，是死者期待的樣子嗎？

還是留在這個世界上的人想看到的樣子？

「這裡就是那個世界嗎……這樣的話我也想繼續留在這裡。」

「不，你的時候還沒有到。」年輕人搖搖頭，打斷了他。

「我失去了咲江，也失去了你，重要的東西都不在了，只剩下我一個老頭子孤零零地活著。我已經沒有任何活下來的希望。即使如此我還是得等待死期的到來嗎？我到底還得一個人再活多久？」

懷抱著暗夜般的孤獨，拖著老朽的身體一個人活下去的痛苦，深深刺痛著他的心。

「無論如何，我也已經沒有回頭路了。」

【寶位磁鐵】的指針已經完成目的，正在原地不斷打轉。

小陸望著在他身後流過的那條如暗夜般的河川。

「現在看起來雖然很黑，但這就是以前每天跟你一起散步的河畔。我們散步的途中還會休息一起看著河水對吧？每天都過得好幸福。春天吹過河面的微風，夏天的晴空，秋天長得很高的花，冬天清澈的空氣。我跟你都沒有失去任何東西。因為那些幸福的日子，都確確實實曾經存在。」

小陸溫柔地對沉默不語的義男這麼說。

「我來帶路，我們一起回家吧。」

閉上一邊眼睛的年輕人接近義男，輕輕握住他的手。雖然沒有實體，竟然可以覺得溫暖。就好像小陸身體的溫度一樣。

小陸牽著義男，走在黑暗的河畔。

兩人並肩走著，眼前就是義男的家。

隔天早上，跟平時一樣散步回來的義男，看到家門前停著一輛白色輕型轎車。惠美很擔心地出來迎接他。

「本來今天不是我該來的日子，但是昨天看到您的狀況，我有點擔心。還好嗎？心臟的藥吃了嗎？」

「嗯，我現在還好。謝謝妳替我擔心，淺井小姐。」

義男道了謝，惠美露出終於放心的笑臉，遞出一把小花束。

「恭喜你。今天是你八十五歲的生日。我在花店看到波斯菊。村山先生說過你喜歡這種花對吧。」

「附近河畔旁邊的空地以前每到這個季節就會開滿一整片黃色波斯菊。我跟我太太兩個人會去那裡散步。一看到這種花就覺得很懷念。」

「原來是這樣啊。」惠美笑著點頭。

「我現在還好。」義男說。

「只要能在這個充滿回憶的房子，跟先走一步的太太還有小陸的回憶一起過下去，我會繼續努力過著一個人生活的日子。」

「……請讓我幫點忙吧。需要什麼都別客氣。」

一個年輕人微笑聽著他們的對話。愛犬的靈魂化為只有自己能看見的年輕人身影。雖然不知道那一天什麼時候會到來，但義男一點也不害怕。

總有一天，這孩子會牽著自己的手帶自己離開，所以沒什麼好怕的。

又過了一年。義男一時興起想在傍晚外出散步，發現有一隻機械鳥停在附近屋頂上，正俯瞰著自己。就是那一天在那間奇妙的店裡看見的黃銅鳥。也就是說，時候終於到了吧。

義男回頭望望充滿回憶的家，在心中道了別。然後他跟化為年輕人身影的小陸開始並肩慢慢走在人生最後的這條路上。

會不會如同黃昏堂的店主所說，在人生最後的瞬間一口氣回想起所有的記憶呢。

人會不會帶著這些記憶離開這個世界呢？

假如記憶被故意奪走，那靈魂會變成什麼樣子呢？

會變得曖昧模糊？還是完全消失？

走到商業設施前時，一直跟在身後的那隻黃銅鳥開始在空中盤旋。

牠張開美麗細緻的翅膀，在朱紅色夕陽下飛入暮色天空中。

義男不知道為什麼那隻鳥沒有帶走他的記憶。是不是因為化為年輕人的小陸走在義男身邊，就像在守護他一樣？還是因為那隻鳥其實是黃昏時分的幻影——？

小陸停下腳步，牽起義男的手，用他那一隻黑色眼瞳凝視著義男。

「今天我們要繼續往下走。」

義男點點頭。他一點也不害怕，跟小陸一起往前跨出一步。

眼前是曾幾何時看過的河畔風景。充滿光芒的景色。

初秋清澄的天空、綠草，川流不息的悠長河水。

河上架著橋，道路一直延伸到遠方。

不知什麼時候開始，走在身邊的年輕人變成了少年。那個少年漸漸地又變成了小男孩。他雀躍地笑著：「在這裡！」對義男揮手，小陸的眼睛開心地閃著光。圓圓亮亮的眼睛。可愛的兩個黑眼珠。

「太好了，小陸。現在你身上一點傷都沒有了。」

一股熱流湧上義男胸口，淚水在他眼前打轉。

他用手背擦去淚水，義男追在年幼的小陸身後。

小陸又變成了狗，義男則變回了年輕時的樣子。

累積的記憶或許就像這樣漸漸形塑出靈魂的樣子。

漫長人生中的各種場景一個接連著一個浮現。

每一幕都像光一樣燦亮，像清澈河水般幕幕相連。

眼前的美麗和炫目，讓義男忍不住瞇起眼睛，屏息凝氣。
黃色波斯菊搖曳在整面河畔。
年輕又健康的咲江在對岸揮手，幸福地笑著。

死神雷達

「危險影片直播主，高掛摩天塔！」

衝擊性的標題和在望遠鏡頭下晃動的影片以驚人的速度擴散出去。記者水城瞳子帶著無比焦躁盯著以百條單位不斷增加的影片留言。

這條獨家影片是一個從附近公寓拍攝摩天塔塔頂工程的網站用戶，偶然拍到被工地鷹架卡住的男人後，發在社群網站上。那個男人名叫祐世，是個危險影片直播主，他昨天傍晚做出前所未聞的預告，說要不綁安全繩站在摩天塔尖端。

開始進行拆卸頂端工程的摩天塔地面旁用禁止進入的三角錐和連桿圍起來，加強警備禁止進入。儘管如此，祐世還是出現在摩天塔的頂端。影片中他似乎是突然出現在空中。然後就這樣掉落在十公尺下的工地。

他的衣服奇跡式地被鷹架卡住，吊掛在空中僥倖得救，胸口長時間被壓迫的祐世就這樣昏厥過去。在扮演安全繩功能的衣服斷裂之前，搭乘直升機趕到現場的救援隊企圖救下他，影片就斷在這裡。

到底為什麼會發生這種事？大部分人都覺得他打算執行一樁大型魔術，但卻失敗了，但其中也有人主張這個男人來自異世界，在社群網站上掀起一陣熱烈討論。

在這麼近距離拍攝的影片只有這一支。務必要確保這支影片的使用權。

她頻頻確認影片上傳者有沒有回自己的留言。

瞳子透過社群網站的留言很客氣地對影片上傳者提出要求：

「冒昧連絡很抱歉。我來自網路新聞AZERZA。關於這支影片有事情想要請教，期待您的回覆。」

終於等到了回應，但是只得到一句話：「我討厭鬣狗般的八卦記者。」

感覺對方似乎一點機會也不願意給。

瞳子在位於大樓六樓的AZERZA編輯部嘆著氣，一邊打開電腦想搜尋有沒有其他線索，這時外出採訪回來的前輩記者矢澤嘲諷地說：

「不要老想靠別人，真正的獨家得靠自己去拍啦。」

「喔……知道了。」

被對方這麼尖銳地批評，她滿臉通紅。瞳子很少靠自己四處探訪發現什麼重大事件現場，進公司第一年的她還沒能寫出什麼引人關注的報導。

大約十五人左右的編輯部成員無不豎起耳朵聽著矢澤對主編的報告。

「N區的火災，獲得主編許可的影像我們已經作為第一波報導放上了社群網站。在那一帶已經是第四間。這次一樣是用拋棄式打火機跟計時器縱火，警方好像認為應該是同一個犯人的縱火。我馬上寫一篇跟縱火犯相關的報導上傳。」

看著矢澤的背影，編輯部成員窸窸窣窣地低聲交談。

「矢澤先生好強喔……」

「要像他一樣太難了……」

矢澤對重大事件的嗅覺跟行動力，讓瞳子忍不住訝異。

矢澤是AZERZA編輯部裡最優秀的記者。他經常能拿到獨家，寫下標題聳動的報導，他能帶來龐大的點擊數，公司長官也都特別看重他。無論犯罪或藝能界醜聞他都很擅長。連續縱火案件中，他甚至能拍到從熊熊燃燒的房屋逃跑的可疑男人影像。另外之前他拍下知名演員突然毆打粉絲的影像，可以說是奠定矢澤在AZERZA人氣和知名度的重要報導。

回到瞳子面前座位的矢澤一邊啟動電腦一邊說：

「水城，妳說平常爬樓梯是為了避免缺乏運動，其實妳是害怕電梯吧？二十年前發生強震時，那個獨自一個人被關在大廈電梯二十四小時的小學生，就是妳吧。」

瞳子的心臟頓時一緊。她找不到適當的字句，不知該如何回答這個問題。

矢澤說得沒錯，瞳子很怕電梯。有時候恐懼會突然襲來，讓她出現過度換氣的症狀。所以她總是盡量不搭電梯。

矢澤明顯露出輕蔑的態度看著瞳子，冰冷地說。

「像妳這種記者命真好，還可以怕東怕西的。我看妳一輩子也拿不到獨家啦，不如早點放棄這一行吧。」

「唉……我真的當不成記者嗎……？」

走在黃昏街頭，瞳子嘆了口氣。她想起矢澤說的那些話。

瞳子之所以下定決心要當記者，是因為父親身為新聞記者的身影深深烙印在自己眼中的緣故。他總是誠摯又充滿熱情地追蹤事件，一直到他因病去世為止。

瞳子被分配到的是網路新聞部門，繼續這樣下去，可能連現在的位子都不保。

她抬起頭來看著天空，想讓自己振作起來。

天空的顏色很不可思議。以前看過這麼鮮亮燦爛的黃昏暮色嗎？

光與暗、日與夜。橘色的光和紫色暗夜互相交雜、交融。

這時瞳子一驚，好像有什麼東西纏到自己腳上。撿起來一看，是一張老舊的傳單。上面用裝飾文字寫著「黃昏堂」，下方還畫了齒輪。

「以驚人低價提供不可思議的雜貨，能立刻實現你的心願。」

一看到這個店名，她的心情就立刻振奮。

「黃昏堂……？該不會是那間黃昏堂吧……」

她雙手抓著傳單，用力盯著那張紙，彷彿要把紙張盯出洞來。

「黃昏堂」這個奇妙的店名，已經是流傳在國高中之間的都市傳說。

關於這次摩天塔事件的大量留言中，就有一小部分透露出跟黃昏堂有關的內容。有人說祐世來到黃昏堂，獲得了不可思議的道具，就是因為用了這道具才會發生這次的摩天塔事件等等。

編輯部裡偶爾會提到黃昏堂這個話題，瞳子也一直在思考。

這個甚囂塵上的謠言源頭究竟是什麼？怎麼可能會有「立刻實現心願」的魔法雜貨？無法用現在的科學來解釋的奇妙現象，絕對不可能發生。雖然她很想去確認那到底是一間什麼樣的店，可惜傳單上並沒有記載所在地跟連絡方式。

「開店時間……黃昏時分？大概就是只限在這種時候吧。」

瞳子抬起頭，環視周圍，並沒有發現類似的店家。但是她再次看了一眼傳單，驚訝地發現上面很明顯的出現了一行剛剛並沒有的文字。

「僅限一位！【死神雷達】。可以偵測到因為意外或事件面臨生命危險的人，並顯示在裝置的地圖上。」

這是魔術嗎？還是運用了什麼特殊的印刷技術？

傳單上的這句話也讓瞳子很好奇，因為這句話就好像暴露了她刻意隱藏的內心。她想要拿到衝擊性的獨家報導，那股深藏在心中的欲望。

要是能夠察覺到路上發生重大意外或事件的跡象，應該就能寫出引人關注的報導了吧？只要一直監視有生命危險的人物，這種人身邊一定會發生某種重大事件。

瞳子半信半疑，再次環顧四周。

她發現陰暗的巷弄後方，有一扇嵌著大齒輪的門。
白色螢光燈管寫成的店名閃亮耀眼，「黃昏堂」。
就是那裡。那就是傳說中的雜貨店。沒想到就在這條街上啊。
瞳子緊握著傳單，向陰暗的巷弄邁步。

那是一間充滿了齒輪、很奇妙的店。
許多時鐘各自指向不同的時間，貨架上琳瑯滿目地擺著看不出用途的雜貨。
許多東西都是黃銅製，上面嵌了好幾個齒輪。她發現有個裝在寬皮帶上以數位顯示數值、類似手錶的東西，正想伸手去拿，突然傳來一個男人的聲音：
「那不是妳剛剛想要的東西。」
瞳子訝異地抬起頭，確認聲音的來源。櫃檯的另一端，有個黑髮的年輕男人。
男人身穿皮製圍裙，脖子上掛著奇妙的護目鏡，五官很端正。他冰冷的視線彷彿要看透對方。黃銅鳥停在肩上的這男人，應該就是傳說中黃昏堂的店主吧。

他一派冷靜地將一張黃銅製卡片放在收銀桌上。

「您是來買【死神雷達】的客人吧？先跟您說明一下商品，要不要購買您可以聽了之後再決定。」

瞳子謹慎地來到收銀桌前，店主開始說明卡片的用法。

「用您的裝置讀取刻在這張卡片上的條碼，就可以立刻下載【死神雷達】應用程式，畫面上會顯示死神的圖示。開啟應用程式後會打開地圖，雷達可以偵測到最大半徑一公里的範圍。雷達中心的綠色符號就是妳現在的所在地，紅色符號是一個小時以內會因為意外或事件而有生命危險的人的所在地。切換成影片模式，可以看到當事人被染成紅色。越接近死亡看起來會越呈現紅黑色，死亡時就會變黑，從畫面中消失。」

「……你真的覺得這張卡片有辦法做到這些事嗎？」

瞳子盯著店主看，像是要試探他的真實想法。店主坦蕩地回答。

「當然。例如妳剛剛本來要拿起來的【瞬間移動計時器】，假如設定正確，就可以在一瞬間移動到幾乎這個地球上所有地方。我們有三個庫存，已經賣出兩個。妳現在好奇的人物，手上說不定就戴著這個裝置呢。」

突然出現在摩天塔上的祐世，還有同樣因為直播危險影片而大受歡迎的健瑠，他們手上都帶著跟這個很像的皮帶手錶。而且發現到這件事的網友還截下拍到兩人手腕的畫面上傳留言道：

「競爭對手竟然戴了同款手錶，不覺得很奇怪嗎？」

也有留言認為拍攝危險影片的關鍵就在那奇妙的手錶上，還有人說自己在摩天塔附近撿到摔壞的手錶。照片裡的手錶跟放在黃昏堂陳列架上的【瞬間移動計時器】十分相似。

還沒有人知道祐世為什麼能突然出現在空中。

可是店主所說明的裝置效果，實在太超乎現實了。

「妳疑心病很重呢。大多數客人來到這間店，都會試著相信這間店裡的商品。」店主說。

「沒有證據的東西我無法相信，因為我是記者。」

瞳子脫口說出了真心話。可能是被眼前這個說話大膽直白的店主影響了吧。

造訪這間店的客人，或許也會不知不覺被店主和這間奇妙雜貨店的獨特氣氛給牽著鼻子走。

「我聽說這間店的商品得用記憶來交換。」

「俗話說無風不起浪。至於這陣風的來源究竟是不是真的，您要不要親身體驗一下呢？」

店主彎起嘴角微微一笑，從後方架子上拿出一個無色透明的玻璃球。

「閉上眼睛用手指觸碰記憶球，記憶的一部分或者全部就會被吸進這裡面。那就是客戶用來交換商品的記憶。」

瞳子跟著店主的視線，看著垂吊在天花板下發出美麗光芒的玻璃球。

「……怎麼可能。依照現在的科學是不可能……」

「依照現在的科學，確實不可能。」
「什麼意思？」
「有太多技術和事例，在十年前覺得不可能，現在已經變得可能了不是嗎？」店主用那對宛如暗夜般的黑色眼眸看著瞳子。
「過去也曾經有過把電視出現影像、人搭著飛機飛上天空視為夢想的時代。妳手上的裝置不也在短短幾年之內有突飛猛進的技術進步嗎？那麼百年後、千年後呢？妳認為現在這個世界上不可能的事，幾千年後也不會實現嗎？妳可以肯定地說，先進的數學和科學不會創造出讓我們能在日常生活中使用魔法道具的未來嗎？」
瞳子思考著這些語言的意義，沉默了下來。這個店主的意思是，他來自未來嗎？還是說，他店裡賣的都是未來的商品？
她再次環視這間奇妙的店，一個過去與未來交會的空間。
這裡有種奇妙的感覺，假如時空扭曲，或許就會變成這個樣子吧。

看起來像生物的精巧黃銅鳥，是用現代技術做出來的嗎？

假如遙遠未來真的有魔法般的科學技術——。

「……假如真的有這樣的未來……那樣的變化會如何發生、何時發生？會不著痕跡地慢慢改變？還是會在某個契機之下突然改變……？」

「剛剛妳不是才說，不相信沒有根據的事嗎。」

這話聽起來像開玩笑，也像在挖苦。店主看著牆壁上的時鐘，唐突地說。

「關店時間快到了。您要購買【死神雷達】嗎？」

好奇心讓她實在不捨得拒絕。

「我買。不過店裡可以讓我拍照嗎？」

黃銅鳥拍動翅膀，發出尖細軋吱聲。紅色眼睛閃著亮光，彷彿有著自己的意志。

「請便。不過能不能拍到影像我就無法保證了。」

瞳子鼓起勇氣伸手摸向店主放在收銀桌上的玻璃球。

深灰色光芒在玻璃球內盤旋、發光。

推開黃昏堂的門往外走，不知不覺中夜幕已經降臨。

回頭一看，完全沒有任何看似店面的東西。就好像黑夜籠罩了整間店一樣。

她馬上檢查相機。剛剛在店裡拍的照片看起來全都像夜一樣黑。

她背脊一抖。不可能的事在眼前發生了。

瞳子手裡拿著黃銅製的卡片。這張【死神雷達】的卡片用條碼般的線條，描繪出死神的樣子。

她快步走向有光線的大馬路。從包包裡拿出智慧型手機，讀取卡片上的條碼。如同店主的說明，螢幕上出現了有死神圖示的應用程式。點按之後出現了地圖。

綠色符號指的應該是瞳子吧。以這裡為中心，像時鐘長針般的雷達拖著綠色光帶不斷轉動著。

畫面中出現了兩個紅點，在距離這裡五百公尺前方的建築物裡發亮。

「紅色符號表示在一個小以內會因為意外或事件有生命危險的人所在的地方。切換成影片模式就可以看到那個有生命危險的人被染成紅色……」

瞳子快步走向現場，紅色符號所在地是一棟高樓。即使裡面的居民發生了什麼，也無法鎮定對象。這麼一來就無法確認雷達是否正確發揮作用了。

瞳子正要離開時，大樓裡走出一對年輕男女。

即使戴著口罩，還是一眼就可以看出男人是當紅偶像杉平翔，在他身邊的應該是年輕女演員香坂理惠。他們兩人正要走向機車停車場。

瞳子低頭看看手上智慧型手機的畫面，兩個紅色符號稍微移動了一下。她心想，不會吧，立刻轉換到影片模式，畫面上出現了杉平他們的身影。

瞳子倒吸了一口氣。杉平和香坂在昏暗的景色中發出紅色的光芒。畫面中剛好拍到的幾個高中生則沒有什麼變化。另一個走向入口的男人也一樣。

杉平在機車停車場戴上全罩式安全帽，跨上黑色的大重機。戴上不同顏色安全帽的香坂坐上後座。

杉平的光漸漸變成紅黑色。機車發動引擎的聲音響起。

他們兩人騎的這輛機車是不是會出車禍……？

該不該阻止他們？但是該怎麼對他們說明呢？就算告訴他們「你們會有生命危險，快點下機車回家去」，他們也不可能當真。

杉平騎的機車經過還在猶豫的瞳子面前，車子高速駛向車流擁擠的大馬路。瞳子急忙追上去，但是已經來不及了。

開上大馬路之前機車應該要先暫停，但是車輪並沒有停下。煞車失靈了。杉平很明顯出現慌張的神態。瞳子的叫聲被來往車輛的噪音淹沒。黑色機車片刻都沒有停下，直直衝進大馬路上。

下一個瞬間，機車撞上直行車輛。金屬擠壓的偌大聲響。倒在人行道旁的黑色重機。杉平倒在稍遠的地方，一動也不動，香坂拚命撐起上半身，看到倒地的杉平發出慘叫。瞳子衝向兩人。

路上終於有幾輛車開始停下。瞳子跪在人行道上，呼叫失去意識的杉平。香坂一邊叫著杉平的名字一邊哭叫。

「杉平先生！聽得見我的聲音嗎？杉平先生！」

這時候附近一陣閃光燈亮起。瞳子驚訝地抬起頭，是拿著相機的矢澤。他視線熱切地不斷按下快門，拍著倒地的杉平。

「我一直在埋伏等著拍他們兩個的獨家！水城，拿下杉平的安全帽！」

說著，他開始拍影片。瞳子大受衝擊。矢澤究竟在說什麼？

「救人要緊！我來叫救護車，你快去大廈拿ＡＥＤ……」

矢澤無視瞳子的聲音，那冷酷的表情令人毛骨悚然。

瞳子趕忙打了緊急連絡電話，再拜託看到車禍而衝過來的男人去拿ＡＥＤ。

「杉平先生，請振作一點。剛剛已經叫了救護車……」

「讓開，水城！這是我的獨家！」

瞳子揮開矢澤抓住自己肩膀的手，狠狠瞪著這位前輩記者。

救護車來了。【死神雷達】上被送走的兩人紅色的光消失了。

瞳子心想，兩人應該會得救吧。

發現杉平和香坂交往，再公開他們機車車禍的影像，AZERZA網站的點擊數一定會暴增。拍到獨家的矢澤又會更受肯定。

幸好發生意外的杉平保住了一命，兩人都沒有留下後遺症。杉平跟香坂的關係引起媒體一陣譁然，不過之後他們透過各自的公司發表正式交往宣言，外界都給予溫暖的祝福。雖然誰也不想遇到意外，但是兩人或許都從背負祕密的重擔獲得解放，鬆了一口氣吧。

瞳子因為這個事件，不再想用【死神雷達】事先預知死亡的發生。如果不斷重複使用，總有一天可能會感覺麻痺。她不希望自己變得像矢澤那樣，為了拍到獨家畫面而輕忽人命。

之後對警方的採訪中得知，杉平的機車煞車很可能被人動過手腳。究竟是誰會做這種可怕的事？

瞳子悄悄看了一眼坐在自己前面座位、埋頭在用了很久的筆記本上寫著什麼的矢澤。矢澤從來不將採訪報導輸入電子裝置。他很在意資訊外洩。

瞳子開始好奇矢澤的行動。為什麼矢澤總是能比任何人都快速抵達意外或事件現場，拍下獨家畫面？不管是杉平的機車車禍，或是住宅火災時，他都像已經預期到意外會發生一樣。她嘗試試探矢澤是不是也去過黃昏堂，但看起來好像可能性很低。

儘管如此，她還是忍不住懷疑，矢澤可能早就等在意外現場。瞳子開始積極要求跟矢澤一起外出採訪，並且偷偷觀察他的行動。越查她越覺得矢澤已經預測到意外的發生。

瞳子開始一一檢查矢澤過去的獨家影像。

N區的火災總共發生四次。連續縱火每次都是用打火機和計時器的機關。這種裝置是為了等自己離開現場後再點火。第一次跟第二次畫面都拍到了快步離開起火房屋的金髮可疑男子。社群網站上都議論紛紛，覺得這個男人就是縱火犯。只有矢澤拍到了這獨家影像。第四次火災現場也拍到了一個極小的金髮男人。瞳子反覆在電腦上播放這段影像，看了好幾次。

她把火災現場的影像放大、停下、播放、再倒轉回放。把焦點放在金髮男人身上。

髮型雖然一樣，但是每次影像中出現的體型都有微妙的不同。她截下三個影像，並列排放。

每一張畫面中可疑分子的髮色都一樣。髮色……

瞳子在電腦裡製作了一個檔案，保管她收集、分析的資料。

機車車禍發生後過了三個月的傍晚。正在AZERZA編輯部整理資料的瞳子收到了一個小包裹。矢澤外出採訪，人不在公司。瞳子打開小包裹，確認內容。裡面放的是金髮假髮跟打火機，還有計時器。都是跟縱火犯相關的東西。

瞳子數度前往N區縱火現場附近採訪，接觸到一個男人。

「有個不認識的男人拜託我，說只要帶著金色假髮從現場離開就會給我錢。那男人眼神看起來不太正派。」

瞳子從那個男人手裡買下了拋棄式打火機。這個男人看到掉在火災現場的打火機，覺得可惜就撿起來帶走了。男人還保留著被交代要丟掉的假髮。同樣是因為覺得可惜。要從男人手上買下這些東西並不難。

她把這些東西仔細地用塑膠袋包好，放進包包裡，這時電腦收到了一封郵件。

郵件是一個聲稱被當紅演員動粗的受害男性。

她耐著性子跟這個男性通信，終於收到了一封回信，掌握到事件的關鍵真相。

「我在地下論壇的公布欄上收到一個工作委託，內容很簡單，就是告訴那個演員『今天也收到我的郵件了嗎？』報酬馬上匯進帳號，我也不知道委託人是誰。」

當紅演員被來歷不明的人不斷寄送郵件騷擾。這時一個自稱郵件寄送者的人出現。這名演員立刻揪住這個素未謀面的人，可見得郵件內容一定讓他十分憤怒。幕後的主事者設計了這一切，目的就是要激怒這名當紅演員。

她複製了郵件內容，存放到電腦裡的事件檔案中。

還差五分鐘六點。矢澤應該快回來了。最近聽到風聲，矢澤搶獨家的能力受到肯定，現在有海外大型新聞網站提出可觀的金額想挖角他。

關掉桌上筆記型電腦的畫面，瞳子拿著包包站起來。

她看到矢澤正從大門口走進編輯部。不知道他有沒有看到剛剛瞳子寄給他的郵件：「我拿到跟連續縱火、知名演員施暴事件、杉平機車車禍相關的證據。六點下班後我會提交給警察。」跟瞳子四目相對後，矢澤走到走廊上。

瞳子偷偷看了一眼【死神雷達】。綠色符號跟紅色符號重疊在一起。

用自拍模式可以看到瞳子的身體變紅了。緊張感讓她手心發汗，心臟也跳得很快。

她一邊發抖一邊吐氣，關掉應用程式將智慧型手機收進口袋。

幾乎所有記者都齊聚在編輯部，各自整理著自己的採訪報導。

瞳子把事情交代給跟自己比較熟的同事後，說了聲：「那我先走囉。」離開了編輯部。

走在走廊上，跟平時一樣想走樓梯，發現矢澤也在。

他靠在牆壁上，冷冷地聽著瞳子。

「看樣子妳為了搶獨家滿拚命的嘛。要不要跟我聊聊這件事？」

瞳子轉過身，跑向電梯。按下下樓按鍵之前，男人的手啪地一聲按了上樓按鍵。追上瞳子的矢澤眼中燃著怒火，狠狠瞪著她。

「進去啊！在妳最喜歡的電梯裡好好聊一下啊。」

瞳子滿臉蒼白，她跟矢澤一起進了電梯。拿著包包的手更加用力。

矢澤按下屋頂的按鍵。「妳找到什麼了？」

「……我不能告訴你。」

「妳一直在我身邊鬼鬼祟祟地探聽吧？」

瞳子沒開口。在聽不見聲音的電梯監視攝影機畫面中看來，可能只是兩個同事正在交談吧。雖然身在被監視的電梯裡內，但誰也不知道矢澤會做出什麼事。【死神雷達】已經預知了瞳子面臨生命危險。

「妳要是不說，就永遠無法離開電梯，這可不是在威脅妳。」

矢澤擋在電梯按鍵前。在瞳子回答之前，不打算放她出電梯。因為他知道瞳子一定會陷入恐慌。

電梯門在八樓打開。矢澤說了聲：「我們有事要談。」門外的女人沒有進電梯，應該是改搭另一台電梯吧。

到達屋頂的電梯開始下降。這感覺就像掉落到地獄深處一樣。

瞳子呼吸變得紊亂，靠在背後的牆上。將包包緊抱在胸口。

「妳發現了什麼？」

矢澤繼續追問。矢澤壓得低沉的聲音和眼睛裡異樣的光，讓她感到死亡的恐懼。

「……在縱火事件中有人受託偽裝成混淆視聽的犯人，他寄來了變裝用的假髮跟打火機……」

「那是我在找的東西，妳得還給我。還有呢？」

「受託去挑釁當紅演員的男人發來的郵件。在機車車禍前有個高中生恰巧拍到一個可疑男人碰過機車的照片……另外我還複印了矢澤先生平常不離身的筆記本。我從你掛在椅子上的外套口袋抽出筆記本，趁你不注意又放了回去。筆記本上有矢澤先生過去在地下論壇接觸過人物的郵件網址……」

矢澤頓時臉色大變。瞳子緊抱著包包的手顫抖著。

矢澤不由分說地想用力奪過她的包，用冷酷到令人害怕的聲音說道：

「妳聽說過死無對證這句話吧？我的個性妳也很清楚吧？」

電梯停在編輯部所在的六樓，矢澤帶著包包，從打開的門走出了電梯。接著，瞳子瞬間挺直站好，按下一樓的按鍵。

她對著走在走廊上的矢澤背影說。

「那個包是假的。放了證據的真正包包剛剛離開編輯部前我已經交給可以信賴的同事。我要他們搭另一台電梯，把包包交給等在一樓的刑警們。」

矢澤滿臉愕然地轉過頭來。瞳子舉起錄下所有對話的錄音筆。矢澤衝向電梯，但是沒能趕上。瞳子說：

「我把你留在電梯裡還有另一個理由。剛剛我已經把跟你相關的事件資訊傳到編輯部內所有的電腦上。現在大家應該正在看那些資料吧。你已經逃不了了。為了搶獨家，你這些自導自演越來越走火入魔。AZERZA一定會報導這件事，請好好贖罪吧。」

矢澤面目猙獰地朝瞳子伸出手，但電梯門就在他眼前關上。

發狂的矢澤高聲怒吼。瞳子的身體不住顫抖，怎麼也停不下來。

連續縱火、郵件恐嚇、對杉平機車動手腳。他所做的想必不只這些。

編輯部和警方應該會驗證瞳子收集到的這些資訊，一一揭露他的罪行。

看到自己公司的員工被警方帶走，公司高層一定相當錯愕，但是瞳子並不打算對犯罪視而不見。

因為傳遞真實就是記者的使命。

導致她害怕電梯的那段記憶被消除了。因此瞳子才能夠跟矢澤對峙。這就是她支付給黃昏堂店主的記憶嗎？

下降的電梯裡，她打開【死神雷達】。

用自拍模式看到的自己已經沒有紅色的光。

這是不是表示已經躲過生命危機了呢？生與死往往只是一線之隔。

瞳子腦中浮現出那間不可思議的店，還有謎樣的店主。

她在心裡暗暗發誓，總有一天一定要查出黃昏堂的真相。

時空鐘

嵌了齒輪的皮盒子裡，整齊地放著發出奇妙光芒的玻璃球。

陰暗的店裡有微弱的機械聲，黃昏堂的店主關上放在收銀桌上的盒蓋。放在店裡貨架上的商品，也全都收進了特別的行李箱中。

「時間到了。」

披著黑色風衣、做好旅行準備的店主，盯著從胸前口袋取出的懷錶這麼說。

繫著長鏈條的這個懷錶形狀很奇妙。上面有組合複雜的齒輪，還有大大小小不同圓形重疊的鐘面。每個鐘面的指針轉動的速度都不一樣。

「這裡顯示了這個世界和現在我們要前往的世界的時刻。太陽下山時長針和短針會重疊，假如在那個瞬間按下開關穿越時空，時鐘就不會受到太大的損

傷。」

黃銅鳥隔著店主的肩頭望向鐘面，軋吱的聲音不安地叫著。

懷錶鐘面周圍看起來就像已經腐蝕的脆弱金屬。就像有眼睛看不見的沙子逐漸在流失一樣，漸漸崩落。

【時空鐘】是可以瞬間穿越時空的特別時鐘。店主從原本的世界逃亡時，一個戴著鳥面罩的男人給了他這個東西。

在那之後他數度穿越時空。每一次【時空鐘】都會受到損傷、一點一點崩落。

鳥面罩的男人說，這時鐘還在研究中，所以才會這麼脆弱。瓦解的時空鐘最後可能無法再動了吧。也就是說，他再也無法回到原本的世界。

「傳單製造機預言，繼續留在這裡很危險。它好像感受到某些不平靜的氣息。你的姊姊跟那個機械的製作有很深厚的關係，到目前為止它的預言也都很精準，很值得相信。」

黃銅鳥偏著頭，頻頻拍動翅膀發出叫聲。店主發出苦笑。

「我不是預言者，無法正確知道發生什麼事。依靠細緻的計算所導出的結果叫作預測，不是預言。你應該也知道，並不是所有現象都只能靠計算來驅動。在這個世界上也有無法靠科學來解釋的事。當事情有重大變動時，牽動的導火線往往是預料之外的事。」

【時空鐘】的大型鐘面上，指針即將指向下午六點。已經指向六點的小型鐘面指針，也慢慢地刻畫著時間的流動。

這時，黃昏堂來了一位訪客。

來客的到訪實在太安靜，別說店主了，就連對聲音向來敏感的黃銅鳥也沒注意到。這個站在店裡怯生生環視周圍的，是個看上去大概十二、三歲的少年。

身穿樸素白色衣服的少年，困惑地問店主。

「請問，這裡是黃昏堂嗎……？」

店主再次認真打量著少年。這是個身材纖瘦的俊美少年。那對琥珀色眼睛裡帶著聰慧的光，給人感覺很成熟。

少年接近收銀桌幾步，站定後看著店主。

「我看了網路上的傳聞，聽說你們這裡販賣可以實現願望的雜貨？」

「你有什麼想要的東西嗎？」店主問少年。

「有，我想要『記憶球』。」

少年仰望天花板屋梁，用他細細的手指指著。

「這裡本來應該吊了很多顆吧？」

黃銅鳥拍著翅膀，壓低身體作勢威嚇。店主安撫停在肩上的鳥：「先聽聽他怎麼說。」他先看了一眼【時空鐘】，再將視線移回少年身上。

「你覺得記憶球是個什麼樣的東西？」

「這間店的商品要用記憶來換取，支付的記憶就會收在玻璃球裡。記憶球會懸掛在屋梁上慢慢乾燥，然後以高價賣給想要的客人。」

少年盯著店主問：「不是嗎？」他的表情顯示出他對自己說出的話有強烈把

握。少年靠近店主，繼續說道。

「我希望用我的記憶來製作記憶球。不管付出什麼代價都行。」

「為什麼？」

店主盯著少年。少年無懼於他犀利的視線。

「要回答這個問題，得先告訴你我的故事。」

少年在十二年前出生，是雙胞胎中的哥哥。身體虛弱的母親在生產時過世了。

一生下來就失去了母親的這對兄弟，由身為院長的父親養大。

弟弟跟母親很像，體弱多病，經常住院，時間有時長、有時短，幾乎沒能上學。他有一個器官功能不全，無法維持正常的身體狀況，平時幾乎都待在房間裡，沒出家門。但這樣的弟弟個性率真又溫柔，打從心裡仰慕哥哥。

行動派的哥哥經常會把自己親眼所見告訴弟弟，弟弟也總是聽得津津有味。

哥哥希望能讓弟弟更開心。他希望可以連同弟弟的份一起體驗這個世界上各種事物、跟他分享。他也立誓總有一天一定要讓弟弟變得健康。

但是命運弄人，向來健康的哥哥竟然罹患了不治之症。

哥哥偶然在醫院裡聽到，自己已經時日不多。

哥哥透過父親向醫生表示，希望自己死後可以將需要的器官移植給弟弟，改善他的身體。假如自己生命要走到終點，那他希望弟弟可以好好活下去。

可是弟弟堅決拒絕：「這就像我搶走哥哥的人生一樣。」

死期將近，哥哥非常煩惱。他不知道該如何讓弟弟知道自己的心意，就在這時他聽到護理師私下談論的傳言，聽說以前有個住在同一棟病房大樓的少女。

醫生已經宣告那個少女一輩子都無法睜開眼睛，但是她卻在某一天突然醒了。長達一年時間都處於昏睡狀態的她，醒來時所有運動功能都已經恢復正常。就連醫師也無法解釋原因，至今在院裡依然流傳著這個「小兒科病房的奇蹟」。

「我也聽說，那陣子有人在附近發現了黃昏堂。」
陰暗的黃昏堂中，少年的眼睛彷彿正望向遠方。
「所以我開始調查。我聽到好幾種說法。有人說自己找到過黃昏堂，也有人說他的朋友或家人、認識的人找到過，這些都很有說服力。我認為這間彷彿都市傳說的店應該確實存在。但是位置究竟在哪裡，我怎麼查也沒有眉目。除了會在黃昏時分出現之外，沒有其他線索。但我沒有放棄希望。不管黃昏堂在哪裡，只要有堅定強烈的希望，我相信一定可以找得到。」
少年抬起頭，用他急切的眼睛看著店主。
「我想用我自己的記憶製作記憶球，送給我弟弟作為最後的禮物。希望這些經驗可以成為出生之後大部分時間都待在醫院裡的弟弟的記憶。這麼一來他一定可以瞭解我的心意，願意接受移植手術。」
一陣沉默流過。店主平靜地回答這個帶著真摯心意的少年。
「我不能將你的記憶做成記憶球。」

「為什麼!?只要能找到這裡，就能實現所有的心願不是嗎？」

「我只能從有生命的肉體中取出記憶。沒有肉體的你，記憶是無法轉移到記憶球中的。」

少年的表情宛如凍結，頓時不知道該說什麼好。半晌才傳來他嘶啞的聲音。

「我沒有肉體？你是說，其實我已經死了？」

少年的身體泛白透明。身上的白色衣服像是病人袍。

「你可能正處於接近死亡的深沉睡眠中吧。因為各種原因，你的心得以離開身體。離開肉體的心偶爾會化為具體的形態，出現在活人面前，可是無法長久停留在現世。還有……」店主繼續說道。

「就算我把記憶球帶去你沉睡的病房大樓，成功地將你的記憶封閉在裡面，你弟弟也無法從記憶球中讀取你的記憶。」

「為什麼!?這不就是記憶球的功用嗎？」

少年進一步逼問，表情充滿了迫切。

但是店主不為所動的態度並沒有一絲動搖。

「記憶球不能當作保管、轉移記憶的工具。一個擁有確切記憶的人，透過記憶球來吸取其他人的記憶會帶來很可怕的危險。例如，因為多重記憶導致人格分裂、變得複雜，偶爾還會出現新的記憶覆蓋之前的記憶，奪走肉體的情況。甚至有人在知道這種副作用的前提下，企圖濫用記憶球。」

「我不會這麼做。我只是想把記憶交給我弟弟而已……」

眼睛閃著紅光的黃銅鳥，從店主肩上銳利地盯著少年看。店主接著說：

「……以前曾經有一個可怕的人物，想把記憶球用在自己的野心上。每當肉體即將死亡，他就會把記憶轉移到記憶球中，奪走新的肉體，不斷重複著這樣的過程，長久控制著世界。他具備將其他記憶與自己記憶結合的能力，數度轉生之後力量越來越強大。人耗費一輩子創造的記憶，是無法靠無機的機械生產出來的珍寶。能夠自在吸取這些記憶的他，憑藉著這份能力讓世界有驚人的發展，同時也從內部漸漸腐朽敗壞。但就在這時候，有個製作記憶球的人違抗了他的命令。

他將儲存了這個統治者所有記憶的記憶球，藏在一個沒有人知道的地方。」

店主黑色的眼眸彷彿映照著遙遠的世界。

「統治者的手下追捕那個藏起記憶球的人。他們必須在世人發現身染重病的統治者內心其實早就空空如也之前，奪回玻璃球。」

少年蹙起眉看著店主，似乎在懷疑他說的話。

「……你為什麼要跟我說這些？」

「任何事都有開端。一開始出於發自內心的愛，想要出讓自己記憶的少年，漸漸地察覺到自己的欲望。他開始覺得，不如奪走對方的心，由自己來控制，只有控制記憶的人，才有資格存活。」

少年不安地眨眼，看著自己逐漸透明的手。

「我是不是已經快要死掉了。……但是我不想就這樣消失！」

他的眼神炙熱，聲音裡飽含著強烈的意志。

少年的身體慢慢搖晃，接著化為黑藍色的霧靄，漸漸擴散。

——記憶球在哪裡……？

令人發毛的聲音。黃銅鳥立刻抖了抖身體。

店主一驚，大喊了一聲「快逃！」，伸手去按時空鐘的開關。

就在黃銅鳥飛起的那個瞬間。

黑藍色的霧靄徑直飛進了黃銅鳥的身體裡。

後話 epilogue

——欸，上次我看到一個很可怕的東西……

——不要說啦！（笑）我最怕聽恐怖的東西了！

——不是什麼鬼怪啦。是一隻鳥……

——喔，是烏鴉嗎？我也不喜歡烏鴉。

——也不是烏鴉。比烏鴉更小，大概跟灰椋鳥差不多大小，是用金屬做的。飛起來就像活生生的鳥一樣，會一直盯著人看。眼睛會發出紅光。

——應該是你看錯了吧。機械鳥怎麼可能飛得跟真鳥一樣。

——是嗎。難道是我在做夢……之前體溫好像有點高。

——身體不舒服嗎？

——染上流行性感冒。發高燒，住院一星期。

——辛苦你了。

——我就是從小兒科病房大樓的窗戶，看到那隻機械鳥的……

——嗯，會不會是發燒的關係啊？

——我發高燒時也會做奇怪的夢。比方說被巨人踩扁的夢。（笑）

——這漫畫情節吧。（笑）

——那隻金屬鳥真的是夢嗎？我還記得當時小兒科病房大樓的醫生和護理師，都忽然很慌張……

——……那隻鳥你只見過一次？

——嗯。

——……這樣啊。……為了你好，最好忘記這件事……

……最好……快點忘掉這件事……

NEGAI WO KANAERU ZAKKATEN TASOGAREDO ③

Illustrations by FUSUI

Design by Ayako NEMOTO(Karon)

First original Japanese edition published by PHP Institute, Inc., Japan.

Traditional Chinese translation rights arranged with PHP Institute, Inc.,

Tokyo in care of Japan Uni Agency, Inc. Tokyo

ISBN 978-626-419-344-3

Printed in Taiwan.

心想事成雜貨店 黃昏堂3【時空鐘】／桐谷直文；詹慕如譯. -- 初版. --
臺北市：時報文化出版企業股份有限公司, 2025.04-

208 面；14.8×21公分

ISBN 978-626-419-344-3（第3冊：平裝）

861.596 114002875

心想事成雜貨店 黃昏堂 3【時空鐘】

作者 桐谷直 ｜ 插畫 風翠 ｜編輯製作 株式会社童夢｜ 譯者 詹慕如 ｜ 主編 王衣卉 ｜校對 陳怡璇 ｜裝幀設計 倪旻鋒 ｜ 排版 唯翔工作室 ｜ 行銷主任 王綾翊 ｜ 總編輯 梁芳春 ｜ 董事長 趙政岷 ｜ 出版者 時報文化出版企業股份有限公司 108019 台北市和平西路三段 240 號 發行專線—(02)2306-6842 讀者服務專線—0800-231-705・(02)2304-7103 讀者服務傳真—(02)2304-6858 郵撥—19344724 時報文化出版公司 信箱—10899 台北華江郵局第 99 信箱 時報悅讀網—http://www.readingtimes.com.tw ｜ 電子郵件信箱—yoho@readingtimes.com.tw ｜ 法律顧問 理律法律事務所 陳長文律師、李念祖律師 ｜ 印刷 勁達印刷有限公司 ｜ 初版一刷 2025 年 4 月 11 日 ｜ 初版二刷 2025 年 9 月 16 日 ｜ 定價 新台幣三〇〇元 ｜

時報文化出版公司成立於一九七五年，並於一九九九年股票上櫃公開發行。
於二〇〇八年脫離中時集團非屬旺中，以「尊重智慧與創意的文化事業」為信念。

作者簡介

桐谷直

新潟縣出身。以兒童書或學習參考書為主，廣泛撰寫各領域作品。特別擅長不可思議的風格和神祕故事，在熱門系列《結局你一定會大叫「怎麼可能！》（PHP研究所）中收錄了許多極短篇跟短篇。本作《心想事成雜貨店 黃昏堂》是作者首部連作短篇集。

插畫簡介

風翠

插畫家。作品有《又藍又痛又脆》（角川）、《藍色起跑線》（白樺社）等，曾經手許多書籍的裝幀與插畫。具有豐富細節的鮮活背景，光與透明感、空氣感等，獨特的筆觸為其特徵。

官網：http://fusuigraphics.tumblr.com

譯者簡介

詹慕如

自由口筆譯工作者。譯作多數為文學小說、人文作品，並從事各領域之同步、逐步口譯。

臉書專頁：譯窩豐 www.facebook.com/interjptw